新诗百年诗抄

谭五昌 主编

浙江人民出版社

谭五昌

江西永新人。2004年6月获北京大学文学博士学位，毕业后任教于北京师范大学文学院，现任北京师范大学中国当代新诗研究中心主任，国际汉语诗歌协会秘书长。出版《二十世纪中国新诗中的死亡想象》《诗意的放逐与重建——论第三代诗歌》《面朝大海 春暖花开——海子诗歌精品》《活在珍贵的人间——海子纪念集》《21世纪诗歌排行榜》《中国新诗白皮书（1999—2002）》《21世纪江西诗歌精选》《在北师大课堂讲诗》《“我们”散文诗群研究》《国际汉语诗歌》等学术著作及诗歌类编著20余种。2006年被中国作家网列为“新锐评论家”。2007年被评为“中国十大新锐诗歌评论家”。

目录

爱你如诗般美丽

胡适

1891—1962

梦与诗

都是平常经验，
都是平常影像，
偶然涌到梦中来，
变幻出多少新奇花样！

都是平常情感，
都是平常言语，
偶然碰着个诗人，
变幻出多少新奇诗句！

醉过才知酒浓，
爱过才知情重——
你不能做我的诗，
正如我不能做你的梦。

1920年10月10日

主播为你读诗 · 金琦

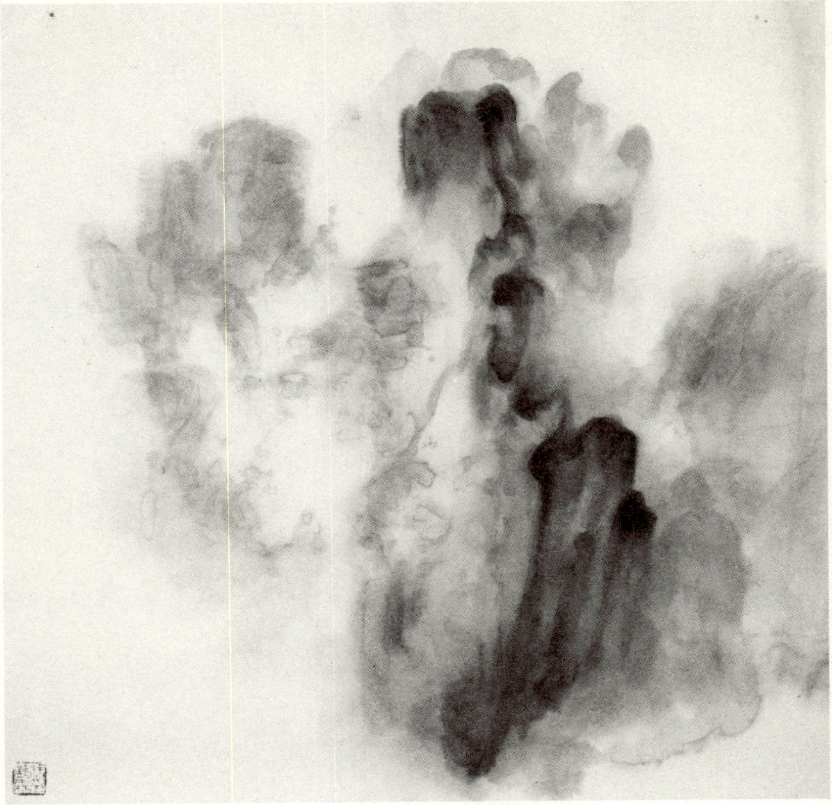

徐龙森 | 碧落赋系列

郭沫若

1892—1978

立在地球边上放号

无数的白云正在空中怒涌，
啊啊！好幅壮丽的北冰洋的晴景哟！
无限的太平洋提起他全身的力量来要把地
　球推倒。
啊啊！我眼前来了的滚滚的洪涛哟！
啊啊！不断的毁坏，不断的创造，不断的
　努力哟！
啊啊！力哟！力哟！
力的绘画，力的舞蹈，力的音乐，力的诗歌，
　力的律吕①哟！

1919年9—10月

主播为你读诗 · 王维林

① 律吕：节奏、音律。最初发表时作Rhythm。

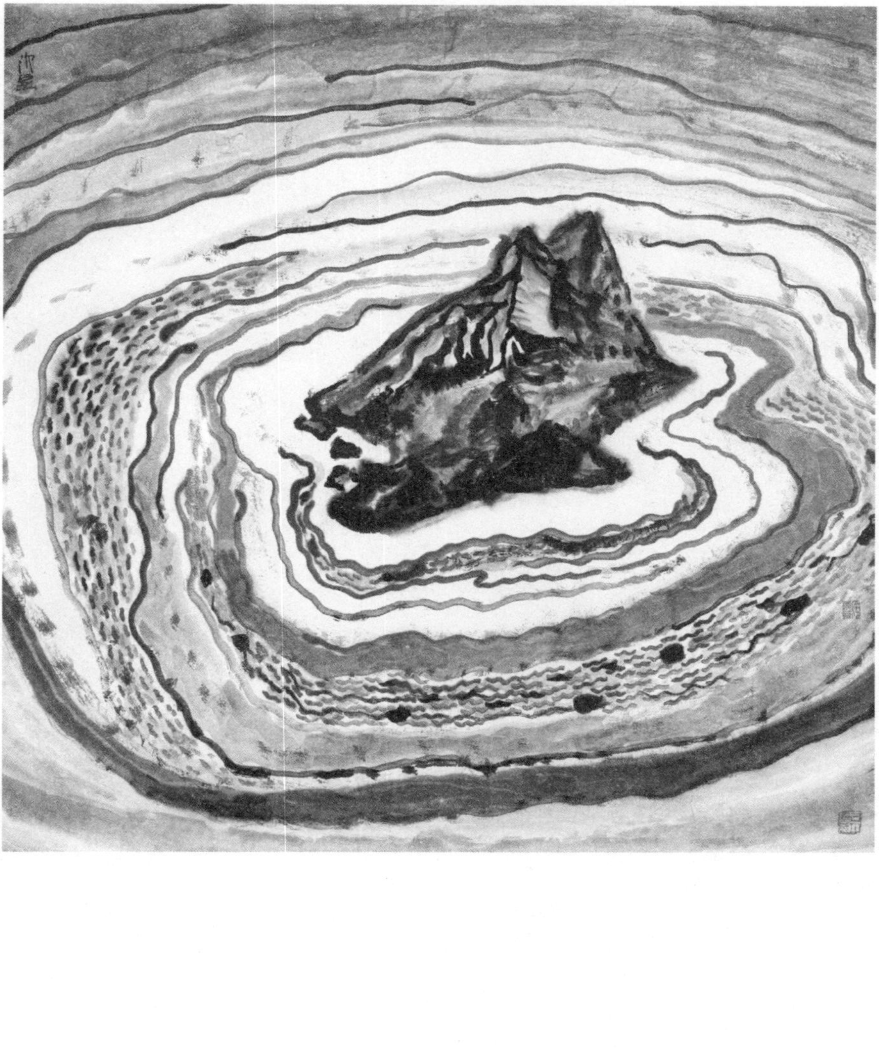

沈岳 | 万里河山系列

云　游

那天你翩翩的在空际云游，
自在，轻盈，你本不想停留
在天的那方或地的那角，
你的愉快是无拦阻的逍遥。

你更不经意在卑微的地面
有一流涧水，虽则你的明艳
在过路时点染了他的空灵，
使他惊醒，将你的倩影抱紧。

他抱紧的只是绵密的忧愁，
因为美不能在风光中静止；
他要，你已飞渡万重的山头，
去更阔大的湖海投射影子！

他在为你消瘦，那一流涧水，
在无能的盼望，盼望你飞回！

1931 年夏

徐龙森 | 碧落赋系列

闻一多

1899—1946

死　水

这是一沟绝望的死水，
清风吹不起半点漪沦。
不如多扔些破铜烂铁，
爽性泼你的剩菜残羹。

也许铜的要绿成翡翠，
铁罐上锈出几瓣桃花；
再让油腻织一层罗绮，
霉菌给他蒸出些云霞。

让死水酵成一沟绿酒，
漂满了珍珠似的白沫；
小珠笑一声变成大珠，
又被偷酒的花蚊咬破。

那么一沟绝望的死水，
也就夸得上几分鲜明。
如果青蛙耐不住寂寞，
又算死水叫出了歌声。

这是一沟绝望的死水，
这里断不是美的所在，
不如让给丑恶来开垦，
看他造出个什么世界。

1925 年 4 月

主播为你读诗 · 王鹏

黄骏 | 交失的人体系列

冰心

1900—1999

春　水（节选）

三三

墙角的花！
你孤芳自赏时，
天地便小了。

六五

只是一颗孤星罢了！
在无边的黑暗里，
已写尽了宇宙的寂寞。

1922年3月

主播为你读诗 · 金琦

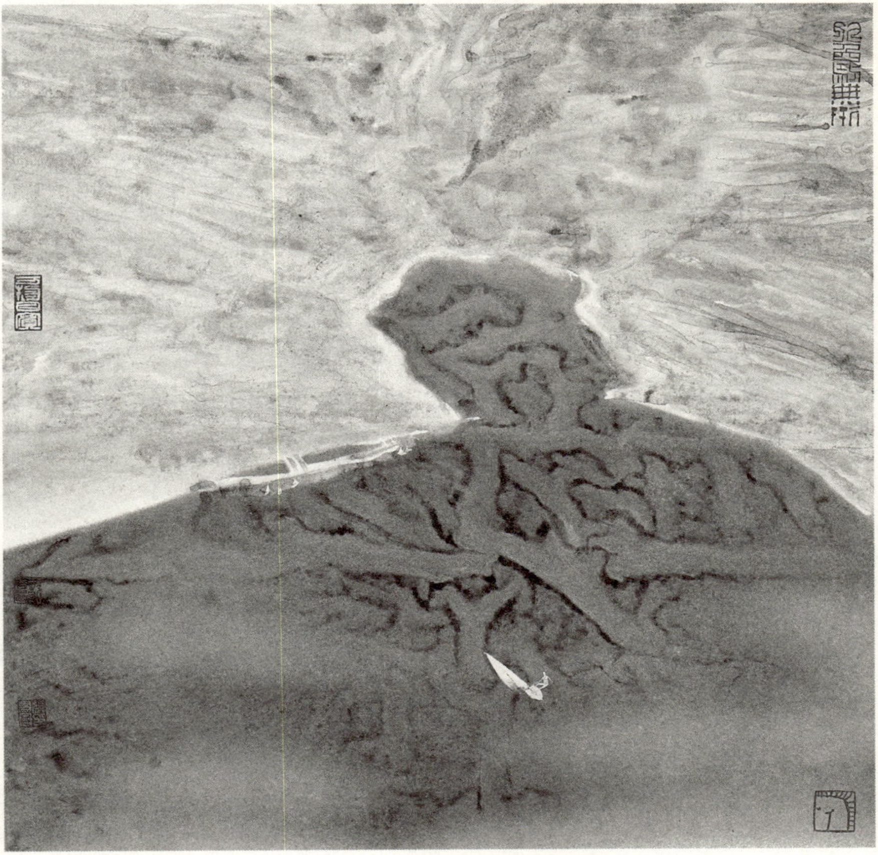

戴望舒

1905—1950

烦　忧

说是寂寞的秋的清愁
说是辽远的海的相思
假如有人问我的烦忧
我不敢说出你的名字

我不敢说出你的名字
假如有人问我的烦忧
说是辽远的海的相思
说是寂寞的秋的清愁

1933 年

主播为你读诗 · 金琪

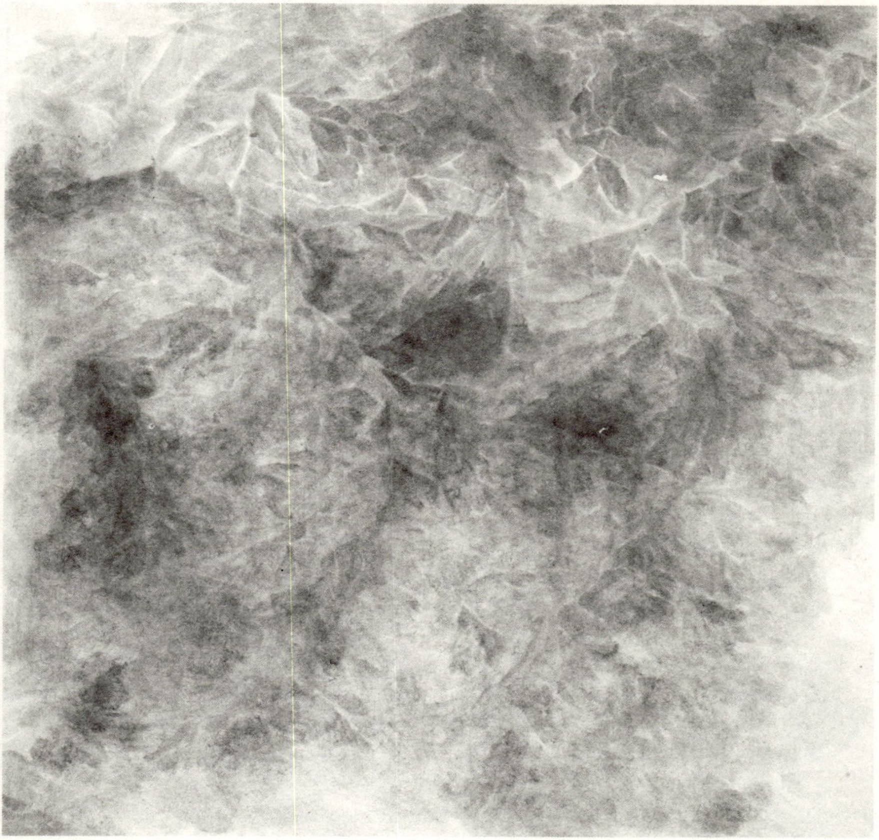

佟彪 | 天地洪荒图系列

冯至

1905—1992

蛇

我的寂寞是一条长蛇，
冰冷地没有言语——
姑娘，你万一梦到它时，
千万啊，不可悚惧！

它是我忠诚的侣伴，
心里害着热烈的乡思；
它在想那茂密的草原——
你头上的、浓郁的乌丝。

它月光一般轻轻地，
从你那儿潜潜走过；
为我把你的梦境衔了来，
像一只绯红的花朵。

1926年

主播为你读诗 · 金琦

马锋辉 | 云山系列

臧克家

—

1905—2004

生命的叫喊

高上去又跌下来，
这叫卖的呼声——
一支音标，沉浮着，
在测量这无底的五更。

深闺无眠的心，将把这
做成诗意的幽韵？
不，这是生命的叫喊？
一声一口血，喊碎了这夜的心。

1934 年

主播为你读诗 · 王鹏

邢庆仁丨大西北系列

艾青

1910—1996

我爱这土地

假如我是一只鸟，
我也应该用嘶哑的喉咙歌唱：
这被暴风雨所打击着的土地，
这永远汹涌着我们的悲愤的河流，
这无止息地吹刮着的激怒的风，
和那来自林间的无比温柔的黎明……
——然后我死了，
连羽毛也腐烂在土地里面。

为什么我的眼里常含泪水？
因为我对这土地爱得深沉……

1938年11月17日

主播为你读诗 · 金琦

卞之琳

1910—2000

断　章

你站在桥上看风景，
看风景人在楼上看你。

明月装饰了你的窗子，
你装饰了别人的梦。

1935 年 10 月

沈岳 | 万里河山系列

何其芳
1912—1977

花　环（放在一个小坟上）

开落在幽谷里的花最香。
无人记忆的朝露最有光。
我说你是幸福的，小玲玲，
没有照过影子的小溪最清亮。

你梦过绿藤缘进你窗里，
金色的小花坠落到你发上，
你为檐雨说出的故事感动，
你爱寂寞，寂寞的星光。

你有珍珠似的少女的泪，
常流着没有名字的悲伤。
你有美丽得使你忧愁的日子，
你有更美丽的夭亡。

1932 年 9 月 19 日夜

主播为你读诗 · 金琦

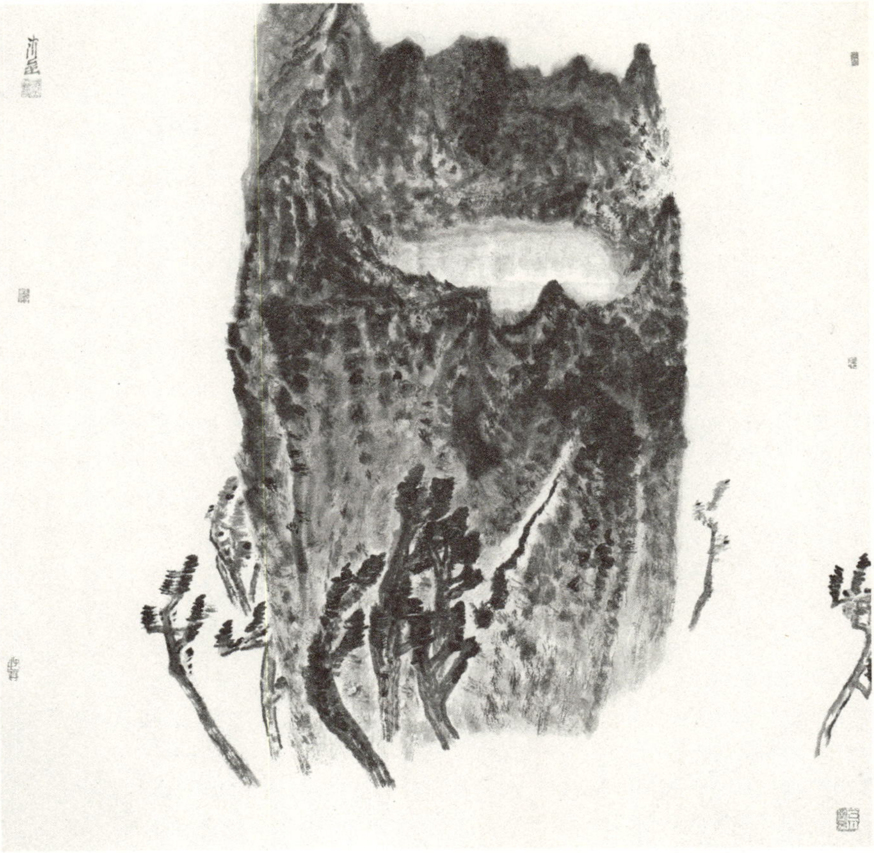

沈岳 | 万里河山系列

纪弦

1913—2013

雕刻家

烦忧是一个不可见的
天才的雕刻家。
每个黄昏，他来了。

他用一柄无形的凿子
把我的额纹凿得更深一些；
又给添上了许多新的。
于是我日渐老去，
而他的艺术品日渐完成。

主播为你读诗 · 陈芒

沈岳 | 万里河山系列

穆旦

1918—1977

春

绿色的火焰在草上摇曳，
他渴求着拥抱你，花朵。
反抗着土地，花朵伸出来，
当暖风吹来烦恼，或者欢乐。
如果你是醒了，推开窗子，
看这满园的欲望多么美丽。

蓝天下，为永远的谜蛊惑着的
是我们二十岁的紧闭的肉体，
一如那泥土做成的鸟的歌，
你们被点燃，卷曲又卷曲却无处归依。
呵，光，影，声，色，都已经赤裸，
痛苦着，等待伸入新的组合。

1942年2月

主播为你读诗 · 陈芒

马锋辉 | 云山系列

蔡其矫

1918—2007

雾中汉水

两岸的丛林成空中的草地；
堤上的牛车在天半运行；
向上游去的货船
只从浓雾中传来沉重的橹声，
看得见的
是千年来征服汉江的纤夫
赤裸着双腿倾身向前
在冬天的寒水冷滩喘息……
艰难上升的早晨的红日，
不忍心看这痛苦的跋涉，
用雾巾遮住颜脸，
向江上洒下斑斑红泪。

1957 年

主播为你读诗 · 王鹏

郑敏

—

1920—

金黄的稻束

金黄的稻束站在
割过的秋天的田里，
我想起无数个疲倦的母亲，
黄昏路上我看见那皱了的美丽的脸，
收获日的满月在
高耸的树巅上
暮色里，远山
围着我们的心边，
没有一个雕像能比这更静默。
肩荷着那伟大的疲倦，你们
在这伸向远远的一片
秋天的田里低首沉思
静默。静默。历史也不过是
脚下一条流去的小河，
而你们，站在那儿，
将成为人类的一个思想。

主播为你读诗 · 陈芒

马锋辉 | 云山系列

牛汉

1923—2013

根

我是根，
一生一世在地下
默默地生长，
向下，向下……
我相信地心有一个太阳。

听不见枝头鸟鸣，
感觉不到柔软的微风，
但是我坦然
并不觉得委屈烦闷。

开花的季节，
我跟枝叶同样幸福，
沉甸甸的果实，
注满了我的全部心血。

1973 年

主播为你读诗 · 王鹏

马锋辉 | 云山系列

屠岸

1923—

声波

我守在喉咙口。这里是洞门深处。
向外望：舌苔如白浪一层层翻卷：
上下门牙是石帘和锯齿形门槛。
是谁，让我守在这第二重门户？

嘴唇开，灿亮的阳光向洞穴泻入；
门牙影投向臼齿如起伏的地毯；
舌头卷动，光和影地覆天翻；
嘴唇闭，一切都锁进死寂的坟窟。

我，切盼着空气，阳光，色彩！
我守在喉咙口，等嘴唇开启新天地。
我，祈求着地震：震源在声带——

突然，共鸣的洪流如火山的岩浆
把我冲出了口腔。阳光和空气
裹住我，我晕眩，狂喜，迸散而消亡……

1981年8月

主播为你读诗 · 王维林

声波

屠岸

我守在喉咙口。这里是洞门深处。
向外望：舌苔如白浪一层层翻卷；
上下门牙是石窗和锯齿形门槛。
是谁，让我守在这第二重门户？

嘴唇开，灿亮的阳光向洞穴泻入；
门牙影投向白齿如起伏的地毯；
舌头卷动，光和影地覆天翻；
嘴唇闭，一切都锁进死寂的坟墓。

我，切盼着空气，阳光，色彩！
我守在喉咙口，等嘴唇开启新天地。
我，祈求着地震：震源在声带——

突然，共鸣的洪流如火山的岩浆
把我冲出了口腔。阳光和空气
裹住我，我晕眩，狂喜，迸散而消亡……

一九八一年八月

李瑛

——

1926—

花

一朵小花开在窗头，它
红得像血，红得像我喷火的枪口，
亮得像孩子发光的眼睛，
美得像一颗深情的星斗。

它不枯凋，像永恒的微笑，
它坚强，比玛瑙和宝石更持久，
它能唱歌，像一个高亢的音符，
它是甜的，像一粒成熟的葡萄。

这朵小花是四年前从火线移来，
岁岁开放，使我常记起守卫的山头；
但，至今我仍然不知道它的名字，
祖国，让我把它叫“自由”！

1982 年

主播为你读诗 · 陈芒

沈岳 | 万里河山系列

余光中

—

1928—

当我死时

当我死时，葬我，在长江与黄河
之间，枕我的头颅，白发盖着黑土
在中国，最美最母亲的国度
我便坦然睡去，睡整张大陆
听两侧，安魂曲起自长江，黄河
两管永生的音乐，滔滔，朝东
这是最纵容最宽阔的床
让一颗心满足地睡去，满足地想
从前，一个中国的青年曾经
在冰冻的密西根向西瞭望
想望透黑夜看中国的黎明
用十七年未餍中国的眼睛
饕餮地图，从西湖到太湖
到多鹧鸪的重庆，代替回乡

1996年2月24日　卡拉马如

主播为你读诗 · 王维林

當我死時　余光中

當我死时，葬我，在長江与黃河
之間，枕我的頭顱，白髮蓋着黑土
在中國，最美最母親的國度
我便坦然睡去，睡整張大陸
听兩側，安魂曲起自長江，黃河
兩管永生的音樂，滔滔，朝東
这是最縱容最寬闊的床
讓一顆心滿足地睡去，滿足地想
從前，一個中國的青年曾經
在冰凍的密西根向西瞭望
想望透黑夜看中國的黎明
用十七年未饜中國的眼睛
饕餮地圖，從西湖到太湖
到多鷓鴣的重慶，代替回鄉

1996.2.24 Kalamazoo

洛夫
—
1928—

子夜读信

子夜的灯
是一条未穿衣裳的
小河

你的信像一尾鱼游来
读水的温暖
读你额上动人的鳞片
读江河如读一面镜
读镜中你的笑
如读泡沫

1973年12月16日

主播为你读诗 · 陈芒

子夜讀信

洛夫

子夜的灯
是一條未穿衣裳的
小河

你的信像一尾魚游来
讀水的溫暖
讀你額上动人的鱗片
讀江河如讀一面鏡
讀鏡中你的笑
如讀泡沫

1973年12月16日作于台北

罗门

1928—

诗的岁月

——给蓉子

要是青鸟不来
春日照耀的林野
如何飞入明丽的四月

踩一路的缤纷与灿烂
要不是六月在燃烧中
已焚化成那只火凤凰
夏日怎会一张翅
便红遍了两山的枫树
把辉煌全留给秋日

那只天鹅在入暮的静野上
留下最后的一朵洁白
去点亮温馨的冬日
随便抓一把雪
　　　一把银发
　　　一把相视的目光
都是流回四月的河水
都是寄回四月的诗

1983年

主播为你读诗 · 陈芒

徐龙森 | 碧落赋系列

盐

二嬷嬷压根儿也没见过陀斯妥也夫斯基。
春天她只叫着一句话：盐呀，盐呀，
给我一把盐呀！天使们就在榆树上歌唱。
那年豌豆差不多完全没有开花。

盐务大臣的骆驼队在七百里以外的海湄走着。
二嬷嬷的盲瞳里一束藻草也没有过。
她只叫着一句话：盐呀，盐呀，
给我一把盐呀！天使们嬉笑着把雪摇给她。

一九一一年党人们到了武昌。
而二嬷嬷却从吊在榆树上的裹脚带上，
走进了野狗的呼吸中，秃鹫的翅膀里；
且很多声音伤逝在风中，盐呀，盐呀，
给我一把盐呀！
那年豌豆差不多完全开了白花。
陀斯妥也夫斯基压根儿也没见过二嬷嬷。

1958 年 1 月 14 日

主播为你读诗 · 王鹏

张友宪 | 巍巍群山

郑愁予

1933—

错误

我打江南走过
那等在季节里的容颜如莲花的开落

东风不来，三月的柳絮不飞
你底心如小小的寂寞的城
恰若青石的街道向晚
跫音不响，三月的春帷不揭
你的心是小小的窗扉紧掩

我达达的马蹄是美丽的错误
我不是归人，是个过客

1954 年

主播为你读诗 · 陈芒

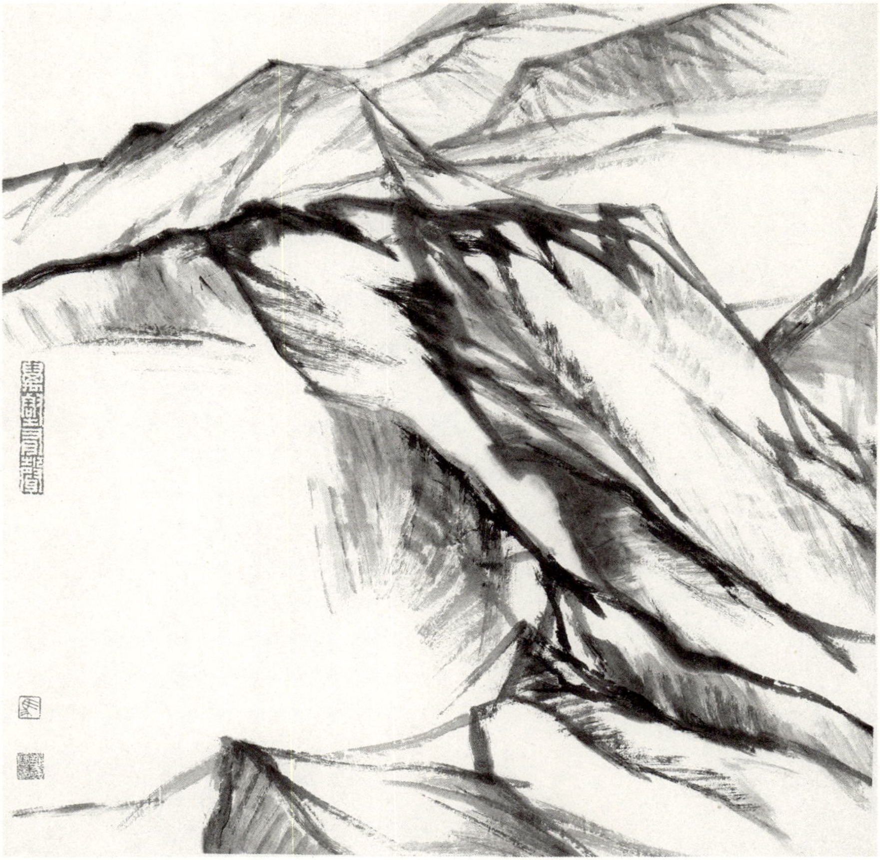

马锋辉 | 云山系列

斯人

静极——谁的叹嘘？

密西西比河此刻风雨，在那边攀缘而走。
地球这壁，一人无语独坐。

1985 年 5 月 31 日

主播为你读诗 · 王鹏

任洪渊

1937—

虞姬

推倒十二金人，力静止在她的曲线

她轻轻举起古战场
　　　　　在鸿门
　　　　　在巨鹿
　　　　　在垓下
钢铁与青铜的击杀
婉转在她的喉间　一支歌里

沉船　不过
背后　死亡的河

她是岸　漂移的岸
　　　　不能抵达
是不过江东的
　　　　江南
不收埋头颅盔甲战马
只种下二行泪
年年开杏花

主播为你读诗 · 陈芒

水的焦渴　燃烧
大火　寒冷得三月不灭
假如不是最深的焦渴
怎么会最早成为水
在没有水的世界
雪
落满赤道

崩溃的回声滚过月边
推倒十二座金人
力　全部静止
在她的曲线

1986 年

虞姬

推倒十二金人　力静止在她的曲线

她轻轻举起古战场
　　　　在鸿门
　　　　在巨鹿
　　　　在垓下
钢铁与青铜的击杀
婉啭在她的喉间　一支歌里

渡船　不过
背后　死亡的河

她的岸　漂移的岸
　　　　不能抵达
是不过江东的
　　　　江南

不做埋头颅 盔甲战马
只种下滴红 泪 二
单单开青花

水的渴 燃烧
大火 悬险像三月不灭
假如不是最深的渴
怎么会最早成为水
在没有水的世界
雪
灌满赤道

崩溃的回声像过肥
推倒十二座金人
力 全部静止
在她的曲线

1986

曾凡华

1947—

边　声（十四行诗）

边防线上的士兵每每有了烦闷
总爱登上崚嶒的哨塔听听边声
听野鹤嘹呖松涛流韵
江波叠浪苇叶弹琴
听雨凇抚慰飘坠的落红
雁阵横贯寥廓的青空
听蛰伏四野的地虫无忧无虑的吟唱
精骛八极的天风有声有色的奏鸣
这旷古而迢远的历史回音
将一丝半缕儿愁绪洗刷得荡然无存
像母亲极富灵性的手
使桀骜驯服烈马平静

啊，大自然的箴语简直精妙绝伦
使心灵一时倾斜的士兵找到了平衡……

主播为你读诗 · 王鹏

边声（十四行诗）

蒋晓舒

边防线上的士兵每每有了烦闷
总爱登上峻峭的哨塔听听边声
听野鹤嘹唳松涛流韵
江波叠浪 草叶弹琴
听雨淅淅抚慰那凋的残红
雁阵横过寥廓的青空
听蛰伏四野的地虫无忧无虑的嘤嘤鸣
精骛八极的天风有声有色的奏鸣
这时古而遥远的历史回音
将一丝丝缕缕愁绪洗刷得荡然无存
停着相当灵性的心
经受警训激烈与平静
　啊 大自然的箴语简直精妙绝伦
　使心灵一时领悟的士兵找到了平衡……

食指

1948—

冬夜月台送别

那声声高喊呼叫的汽笛啊
为什么今天叫得这样凄惨
是按到年轻人不均匀的脉搏
还是看到了车窗上噙着泪的双眼

那日日奔波不停的列车啊
如今却知情地迟迟不前
走你的路吧，命运的漂泊者
流浪汉尝不到爱情的甘甜

如水的月光洗着贫寒的树尖
凛冽的寒风掀扬起年轻人的发卷
俯身拾不到一片寄情的枯叶
愿诗句记下这月台深冬的夜晚

1968 年冬

主播为你读诗 · 王鹏

张谷旻 | 西泠烟雨

叶延滨

1948—

大唐的骨头

秦川八百里从东走到西
挂在嘴上的故事都是大唐的

乌鸦做巢的老树是大唐的
小狗撒尿的石碑座是大唐的
海碗里的羊肉汤泡着的馍也是大唐的
老汉二两酒下肚吼出来的秦腔也是大唐的
华清池那干裂了的老汤池是大唐的
曾经泡酥杨贵妃，也泡酥大唐广袤疆土……
碑林里的墨宝最值钱的还是大唐的
政绩刻在石头上，江山卖与谁家当收藏……
李白的诗为证，能换酒的都换酒了
杜甫的诗为凭，能熬汤的都熬汤了
只剩下一副曾经励精图治的骨头
丢在这远离大唐的地方

华山，大唐的骨头
这副铮铮傲骨让人相信有个了不起的岁月
　叫唐朝

2008 年

主播为你读诗 · 方亮

大唐的骨头

叶延滨

秦川八百里从东走到西
挂在嘴上的故事都是大唐的

乌鸦做窝的老树是大唐的
小鸟撒尿的石碑是大唐的
泡馍里的羊肉汤泡着的馍也是大唐的
老汉二两酒下肚吼出来的秦腔也是大唐的
华清池那个裂了的老汤池是大唐的
曾经泡酥了杨贵妃，也泡酥了大唐万里疆土……
碑林里的墨宝最值钱的还是大唐的
政权刻在石头上，江山要与谁家去收藏……
李白的诗当酒，能换酒的都换酒了
杜甫的诗当粮，能熬汤的都熬汤了
只剩下一副曾经励精图治的骨头
立在这远离大唐的地方

华山，大唐的骨头
这副铮铮铁骨让人相信有个了不起的岁月叫唐朝

2008年于北京

北岛

1949—

宣告

——献给遇罗克

也许最后的时刻到了
我没有留下遗嘱
只留下笔，给我的母亲
我并不是英雄
在没有英雄的年代里
我只想做一个人

宁静的地平线
分开了生者和死者的行列
我只能选择天空
决不跪在地上
以显出刽子手们的高大
好阻挡那自由的风

从星星的弹孔中
将流出血红的黎明

宣告

——献给遇罗克

也许最后的时候到了
我没有留下遗嘱
只留下笔，给我的母亲
我不是英雄
在没有英雄的年代里
我只想做一个人

宁静的地平线
分开了生者和死者的行列
我只能选择天空
决不跪在地上
以显出刽子手们的高大
好阻挡那自由的风

从星星的弹孔中
将流出血红的黎明

北島
二零一六年八月二十七日
抄录于武汉

黄亚洲

—

1949—

伤　逝

书页里的枫叶终于瘦出了叶筋
窗外河中，仍在雨打浮萍
想春夏秋冬这四个姐妹
劫持了多少风花雪月的事情

不知砚池还能否舔起旧谊
料定沙滩早已勾销了脚印
想东南西北这四个兄弟
藏匿起多少秘而不宣的小径

现在，你的思恋还在吐出春絮吗
只想知道方位，不必了解远近
此刻，我的心情又在哪片草原上放牧
不想说尚能饭否，不愿提有无凋零

如果相赠一匹白马，嘱我来者可追
我会递还马缰，宁愿独坐山林
如果煮起一壶香茗，邀我对月成影
我会请来山风，先将往事掸净

主播为你读诗 · 逸婷

伤逝

黄亚洲

书页里的枫叶终于瘦出了叶筋
窗外河中，仍在雨打浮萍
想春夏秋冬这四个姐妹
劫持了多少风花雪月的事情

不知砚池还能否续起旧谊
料这沙滩早已勾销了脚印
想东南西北这四个兄弟
藏匿起多少秘而不宣的小径

现在，你的思念还在吐出春絮吗
只想知道方位，不必了解远近
此刻，我的心情又在哪片草原上放牧
不想说高地绿否，不愿提有无凋零

如果相赠一匹白马，嘱我青春可追
我会遗还马缰，宁愿独坐山林
如果煮起一壶香茗，邀我对月成影
我会请来山风，先将往事掸净

再抄于2016.11.7.

芒克
——
1951—

阳光中的向日葵

你看到了吗
你看到阳光中的那棵向日葵了吗
你看它，它没有低下头
而是在把头转向身后
它把头转了过去
就好像是为了一口咬断
那套在它脖子上的
那牵在太阳手中的绳索

你看到它了吗
你看到那棵昂着头
怒视着太阳的向日葵了吗
它的头几乎已把太阳遮住
它的头即使是在没有太阳的时候
也依然在闪耀着光芒

你看到那棵向日葵了吗
你应该走近它
你走近它便会发现
它脚下的那片泥土
每抓起一把
都一定会攥出血来

1983 年

主播为你读诗 · 王鹏

沈岳丨万里河山系列

多多

—

1951—

从死亡的方向看

从死亡的方向看总会看到
一生不应见到的人
总会随便地埋到一个地点
随便嗅嗅，就把自己埋在那里
埋在让他们恨的地点

他们把铲中的土倒在你脸上
要谢谢他们。再谢一次
你的眼睛就再也看不到敌人
就会从死亡的方向传来
他们陷入敌意时的叫喊
你却再也听不见
那完全是痛苦的叫喊！

1983 年

主播为你读诗 · 王鹏

舒婷

1952—

惠安女子

野火在远方，远方
在你琥珀色的眼睛里

以古老部落的银饰
约束柔软的腰肢
幸福虽不可预期，但少女的梦
蒲公英一般徐徐落在海面上
呵，浪花无边无际

天生不爱倾诉苦难
并非苦难已经永远绝迹
当洞箫和琵琶在晚照中
唤醒普遍的忧伤
你把头巾一角轻轻咬在嘴里

这样优美地站在海天之间
令人忽略了：你的裸足
所踩过的碱滩和礁石
于是，在封面和插图中
你成为风景，成为传奇

1981年4月

主播为你读诗 · 逸婷

沈岳 | 万里河山系列

梁小斌

1954—

敲击之声

有丁丁当当的声音传来
我一时找不到这敲击之声的
发端之处
那丁当之声时快时慢
在我暗暗期待那一声落下的时刻
却又没有声音
这显然是经过考虑之后
敲击出来的声响
并非自然之声
我一直往前走
只见铁匠铺躲在两栋大楼
的阴影中间
铁砧上躺着一块火红的
钢板老是在翻身
通过询问
才得知那是一把火红的菜刀
但锋芒还没有出来
一个打铁人头脑里有一把菜刀的概念
但从那丁丁当当的敲击之声中
丝毫也听不出来
我的工作也如同这
敲击之声

主播为你读诗 · 王鹏

敲击之聲

梁小斌

有丁丁当当的声音传来，
我一時找不到這敲击之声的
发端之处。
那丁当之声時快時慢。
在我暗暗期待那一声落下来的時刻。
却又沒有声音
這显然是经过考虑之后
敲击出来的声响
并非自然之声
我一直往前走，
只見铁匠铺躲在两棟大樓
的阴影中間。
砧 铁鉆上躺着一块火红的
钢板老是在翻身
通过询问。
才得知那只一把火红的菜刀。
但锋芒还沒有出来。
一个打铁人头脑里有一把菜刀的概念，
但从那丁丁当当的敲击之声中
絲毫也听不出来，
我的工作也如同這
敲击之声。

杨炼

1955—

一只苏黎世的天鹅

如他所说　幸福有一种挽歌的形式
挽留它自己不知道的美
舞蹈的流水　假寐了七百年
向石拱桥上那人匆匆一瞥
如她所说　挽回不了就一口口去咀嚼
扑入腋下的又一场白雪
橙红色小嘴依次伸向似曾相识的岸
肉体的热忱　热衷于放弃

抽搐的羽毛笔签署过再多垂死
仍是单数　如他站在水面上说
如她　认出倒影中冷冷重叠的唯一一只
在河底甩着断翅　说　阳光嚼烂了
五指之美美在死死握紧茫然
泄露内心的蓝　衬得一根银制链条更刺眼
弯成它自己血污的首饰
肯定一只大鸟的狂暴　挽歌般安详

主播为你读诗 · 方亮

一只弃葬土的天鹅

如他所说　幸福有一种挽歌的形式
挽留它自己不知道的美
舞蹈的流水　假寐了七百年
向石拱桥上那人匆匆一瞥
如她所说　挽回不了秋一口口去咀嚼
扑入腋下的又一场白雪
橙红色小嘴依次伸向似曾相识的岸
肉体的热忱　热衷于放弃

抽搐的羽毛坚屡累过再三垂死
仍是单数　如他站在水面上说
如她　认出倒影中冷冷重叠的唯一一只
在河底用着断翅　说　阳光嚼烂了
五指之美美在死死握紧茫然
泄露内心的蓝　衬得一根银制链条更刺眼
变成它自己血污的首饰
肯定一只大鸟的狂暴　挽歌般安祥

杨键
2016.9.27.

王小妮

—

1955—

月光白得很

月亮在深夜里照出了一切的骨头。

我呼进了青白的气息。
人间的琐碎皮毛
变成下坠的萤火虫。
城市是一具死去的骨架。

没有哪个生命
配得上这样纯的夜色。
打开窗帘
天地正在眼前交接白银
月光使我忘记我是一个人。

生命的最后一幕
在一片素色里静静地彩排。
月光来到地板上
我的两只脚已经预先白了。

2003 年

主播为你读诗 · 逸婷

王小妮　　月光白得很

月亮在深夜里照出了一切的骨头。

我呼进了青白的气息。
人间的琐碎皮毛
变成下坠的萤火虫。
城市是一具死去的骨架。

没有哪个生命
配得上这样纯的夜色。
打开窗帘
天地正在眼前交接白银
月光使我忘记我是一个人。

生命的最后一幕
在一片素色里静静地彩排。
月光来到地板上
我的两只脚已经预先白了。

2003年

翟永明

—

1955—

胶囊之身

我活着　把自我装进微小包装
看多少材料打造出我这颗
难以下咽的胶囊之身

慢慢地我装进破碎的接吻
装进另一个人　装进他的研磨
装进不思量　自难忘
慢慢地我吞下　就着一杯苏打水
慢慢地我掰开一粒果核
掰开两树梨花三生斜阳
我与前世今生都有过交待
此身已装进太多的秋风
不放浪　也只能握紧这一束苦形骸

天地大到无际
也只是胶囊的公寓
慢慢地就着一杯温吞水

主播为你读诗 · 逸婷

慢慢地滚进一片迷茫的肉体

万物皆为脏腑　我又岂能
不只是一粒渣滓　此身
混沌多淬炼
即便慢慢积攒出
一个狡黠笑容
终将胶囊式地溶化　消失
既能令天地七窍生烟
终将化作一片散沙坠地

看看吧，无数胶囊排空而来
又蜕皮而去……

胶囊之身

瞿弦和

我活着 把自我装进微小包装
看多少材料打造出我这颗
难以下咽的胶囊之身

慢慢地我装进破碎的接吻
装进另一个人 装进他的研磨
装进不思量 自难忘
慢慢地我吞下 就着一杯苏打水
慢慢地我掰开一粒果核
掰开两树梨花三生斜阳
我与前世今生都有过交待
此身已装进太多的秋风
不放浪 也难握紧这一束苦形骸

天地大到无际
中央是胶囊的公寓
慢慢地就着一杯温吞水
慢慢地滚进一片茫然的肉体

万物皆为脏腑 我又岂能
不只是一粒渣滓 此身
混沌多淬炼
既便慢慢积攒出
一个狡黠笑容
终将胶囊式地溶化 消失
既能令天地七窍生烟
终将化作一片散沙坠地

看看吧，无数胶囊排空而来
又蜕皮而去……

刘以林

1955—

理想全书

早晨，一只鹊迎着太阳飞去
天就在那里燃烧，火焰赤蓝
那只鹊着了火，向下栽去
我确信看见了这一切而别人从未看见

熟透的天空里鹊着了火向下栽去
十余年就说这句话
十余年天空在那里燃烧着，火焰赤蓝

每天每天，鹊这个我向太阳飞去
燃烧的天空豁达地尽它点燃之责
我着了火向下栽去
别人看见了而我自己从未看见

1993 年 9 月 11 日　安徽凤阳

主播为你读诗 · 逸婷

理想全书

刘以林

早晨，一只鹊迎着太阳飞去
天就在那里燃烧，火焰赤蓝
那只鹊着了火，向下栽去
我确信看见了这一切而别人从未看见

熟透的天空里鹊着了火向下栽去
十余年就说这句话
十余年天空在那里燃烧着，火焰赤蓝
夜天 夜天，鹊这个我向太阳飞去
燃烧的天空豁然地尽它点燃之责
我着了火向下栽去
别人看见了而我自己从未看见

梁平

1955—

说文解字：蜀

从殷商一大堆甲骨文里
找到了“蜀”
东汉的许慎说它是蚕
一个奇怪的造型，额头上
横放了一条加长的眼眶
蚕，从虫
弯曲的身子
在甲骨文的书写中
与蛇、龙相似
让人想起出入山林的虎
所以蜀不是雕虫
与三星堆出土的文物里
那些人面虎鼻造像
长长的眼睛突出眼眶之外的
纵目面具有关
那是我家族的印记

主播为你读诗 · 王鹏

说文解字：蜀

梁平

从殷商一大堆甲骨文里
找到了"蜀"
东汉的许慎说它是蚕
一個奇怪的造型，额头上
横织了一条加长的眼眶
蚕，从虫
弯曲的身子
在甲骨文的书写中
与蛇、虫相似
让人想起出入山林的虎
所以蜀不是雕虫
与三星堆出土的文物里
那些人面虎鼻造像
长长的眼睛突出眼眶之外的
纵目面具有关
那也是家族的记忆

丙申年秋月抄录于成都

顾城

1956—1993

一代人

黑夜给了我黑色的眼睛，
我却用它寻找光明。

1979 年 4 月

主播为你读诗 · 王维林

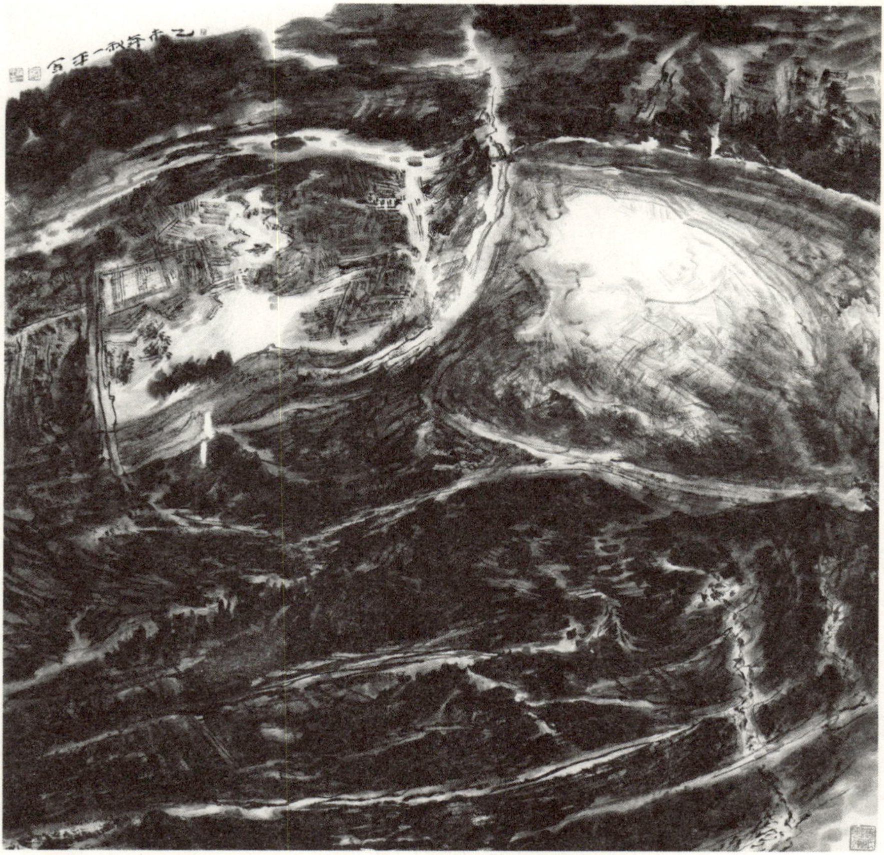

罗一平 | 境域系列

潞潞

—— 1956—

夜的海

我坐在沙滩上
感觉到夜晚的海
缩小
如一片秋天的叶子

一定有渔夫
趁今夜的月光出海
他的桨
低声敲打着岩石

他在这
小小的叶子上颠簸
船儿
不过是蠕动的蚂蚁

这叶子的边缘卷了
海浪吞噬着。如蚕

我想到
那些流浪许久的心
无一日不含在岁月的口中
终了。像一棵草
再被潮水送回来

今夜的海上
他们好吗？

1986 年 8 月

夜的海

汪国真

我坐在沙滩上
感觉到夜晚的海
缩小
为一片秋天的叶子

一定有渔夫
趁今夜的月光出海
他的桨
低声敲打着岩石

他在这
小小的叶子上颠簸
船儿
不过是蠕动的蚂蚁

这叶子的边缘卷了
海浪吞噬着。如蚕

我想到
那些流浪许久的心
有一日不会在岁月的口中
终了。像一棵草
再被潮水送回来

今夜的海上
他们好吗？

1986.8

公开的独白

——悼念埃兹拉·庞德

我死了，你们还活着。
你们不认识我如同不认识世界。
我的遗容化作不朽的面具，
迫使你们彼此相似：
没有自己，也没有他人。
我祝福过的每一棵苹果树都长成秋天，
结出更多的苹果
和饥饿。
你们看见的每一只飞鸟都是我的灵魂。
我布下的阴影比一切光明更肯定。

我真正的葬身之地是书卷。
在那儿，你们的名字如同多余的字母，
被轻轻抹去。
所有的眼睛只为一瞥睁开。
没有我的歌，你们不会有嘴唇。
而你们传唱并将继续传唱的
只是无边的寂静，不是歌。

1985年

主播为你读诗·王鹏

公開的獨白

——悼E·庞德

欧阳江河

我死了，你们还活着。
你们不认识我如同不认识世界。
我的遗容化作不朽的面具，
迫使你们彼此相似，
没有脸，也没有他人。
我祝福过的每一棵苹果树都长成秋天，
结出更多的苹果
　　和阴影。
你们看见的每一只飞鸟都是我的灵魂。
我布下的阴影比一切光明更肯定。

我真正的葬身之地是书卷。
在那儿，你们的名字如同多余的字母，
　　被轻轻抹去。
所有的眼睛只有一瞬睁開。
没有我的歌，你们不会有嘴唇。
而你们传唱并将继续传唱的
只是无边的寂静，不是歌。

骆英

—

1956—

与麻雀对话

我想过　与一只麻雀对话肯定是无聊之极
尤其是在冬末隔着一层厚厚的窗户玻璃
她谈的全都是陈芝麻烂谷子和鸡毛蒜皮
全然不知我想向她吐唾沫甚至把她拍死
我知道她了解我的老谋深算及险恶心机
我杀害过她的爹她的爷爷还有她的表弟
然而她还是与我为邻因为无处可去
这世道艰辛防备了猫和鹰还要防备人
我想　我还是要好好想想这麻雀的两难处境
你看　隔着的玻璃映衬她的寒冷我的酸涩
我看着她的生死差一点无动于衷
我想问好但无法穿透这玻璃的光明
我想流泪但无法隔着玻璃表达我的悔恨
她飞走了
被一只鹰击杀在半空
羽毛散乱着一片片飘下
我无言以对
隔着玻璃看见一片夜空

2008 年

主播为你读诗 · 逸婷

与麻雀对话

我想过 与一只麻雀对话 肯定是无聊之极
尤其是在冬天 隔着一层厚厚的窗户玻璃
她说的总是除了粮食 是冬和温暖等等
然后 我想向她说 爱情甚至想给她拥抱
我会告诉她 我心中的苍茫 宁静及沉思的雨
我希望进她的家 她的家 是为她的喜事
如今她 总是与我为邻 因为也是冬天了吗
这世 在烟尘中隔了 谁知道 有人
我想，我 总是爱她的 从这 温暖的秋天
所以 隔着的玻璃映射她的影 我的心思
我看着她的翅膀 是一只无助了
我想问她 但无法穿过这玻璃的门
我想说 问 但无法隔着玻璃表达我的心思

她又走了
留一只脚印在窗台
羽毛散落着一片片的翅了
我无言以对
隔着玻璃看着一片苍白

2008.1.28 22:40 于横店

向自己倾诉

陆健

1956—

有时我想生硬地离开艺术
拉泪而去，这首诗也不写
当看到街上的人群
和所有鲜艳的事物

这艺术何用
令我冥顽而专心，我因为它
而把自己逼上绝路

而枯萎，在纸上发动大水
而除此之外我还能干些什么

那思想，如一位盲目的领袖
带领着残废的文字
做着偷窃自己的勾当

那把插进海伦胸中的刀
那让刀死去的活的鲜血

主播为你读诗 · 铭伟

向自己傾訴

陸　健

有時我想生硬地離開藝術
拔腿而去。這首詩也不寫
憎惡街上的人群
和所有鮮艷的事物

這藝術何用
令我冥頑而專心，我因為它
而把自己逼上絕路

而枯萎，在紙上發動大水
而除此之外我還能干些什麼

那思想，如一位盲目的領袖
帶著殘廢的文字
做著偷竊自己的勾當

那把插進[illegible]胸中的刀
那讓刀死去的活的鮮血

王家新

1957—

日 记

从一棵茂盛的橡树开始
园丁推着他的锄草机，从一个圆
到另一个更大的来回，
整天我听着这声音，我嗅着
青草被刈去时的新鲜气味，
我呼吸着它，我进入
另一个想象中的花园，那里
青草正吞没着白色的大理石卧雕
青草拂动；这死亡的爱抚
胜于人类的手指。

醒来，锄草机和花园一起荒废
万物服从于更冰冷的意志；
橡子炸裂之后
园丁得到了休息；接着是雪
从我的写作中开始的雪；
大雪永远不能充满一个花园，
却涌上了我的喉咙；
季节轮回到这白茫茫的死。

我爱这雪，这茫然中的颤栗；我忆起
青草呼出的最后一缕气息……

1992 年 10 月　比利时根特

主播为你读诗 · 王维林

徐龙森 | 碧落赋系列

秘 密

天空越来越薄，快要升到世界的外面了。
我坐在石头上，慢慢地合上书卷。心想，
再过一百年，我就能走到那里，且不必隐身。
我有这个力量，我有来自内部的支撑。
而这些藏在心里的秘密，
只有三个女神知晓，
其中最小的是女儿，
最尊贵的是我年迈的母亲。

2013 年 8 月 6 日

主播为你读诗 · 铭伟

秘密

大解

天空越来越薄，快要升到世界的外面了。

我坐在石头上，慢慢地合上书卷。心想，

再过一百年，我就能走到山里，且不必隐身。

我有这个力量，我有来自内部的支撑。

而这些藏在心里的秘密，

只有三个女神知晓，

其中最小的是女儿，最尊贵的是我年迈的母亲。

2013.8.6.

2016.7.26 重抄

莫非

—1960—

荷马

盲目的荷马带领我们，走进希腊
黄金的时代：在人与诸神之间
特洛伊的风云和奥德修的历险
让世界拥有了两道史诗般的眼光
是阿喀琉斯的一场愤怒激荡起
永久的回声。爱琴海汹涌明媚的
波涛，催促满载的词语驶向岸边
荷马能够辨认的一切多么壮观

人类的教育者，诗人的教育诗
黑夜中的拼杀，在旷古的城堡上
弹唱他的勇士。只有我们的头顶
才是没有星辰的天空。是时间
打扫出来的沙砾在闪烁，却不能
照耀谷草上的一滴水。是粮食
却没有给我们生长浑身的力气
只有荷马在那里让诗歌不再孤单

荷马因盲目，才有了醒目的世界
荷马因衰老，才歌颂焕发青春的
战争：这一场由海伦引起的战争
为的是让荷马彻底征服他的听众

1995 年 11 月 24 日

主播为你读诗 · 王维林

商震

—1960—

冷水澡

我从无中来
你也是，他们也是
无，是一切的祖先

不把水冻僵
冰就得不到承认
你疼了，不能感受我的力量

你啃食着我
他们啃食着你
我的獠牙也沾着血迹
我和你，和他们
是狮子和羊、羊和草、草和水、水和狮子

想明白这些时
已说不清该有还是该无
想明白这些
每夜都睡在冰上

2013年2月

主播为你读诗 · 王维林

冷水澡

高云

我从无中来
你也是，他们也是
无，是一切的祖先

不把水冻僵
冰就得不到承认
你疼了，才能感受我的力量

你啃食着我
他们啃食着你
我的獠牙也沾着血迹
我和你、和他们
是狮子和羊、羊和草、草和水、水和狮子

想明白这些时
已说不清该有还是该无
想明白这些
每夜都睡在冰上

作于2013年2月

耿占坤

—

1960—

珍珠的呼吸

在樱桃的颈项，在潮汐如雪的词语上

舢板与水手远去，浪花凝结
一粒沙从贝壳的痛苦中渐渐成熟
在海水深邃幽暗的摇篮里
看珍珠的诞生，饱满，宁静而温暖

光的微笑，脱离了岁月的磨难
大海浪漫的歌谣被采珠人捞起
伴随你忐忑的心动而起伏
这奇迹的光，圆润，含蓄而明亮
仿佛依然在海的浪波间呼吸

在潮汐如雪的词语，在樱桃的颈项上。

主播为你读诗 · 铭伟

珍珠的呼吸

耿占坤

在樱桃的颈项，在潮汐如雪的润滑上

船板上水手远去，浪花凝结
一粒沙从贝壳的痛苦中渐渐成熟
在海水深邃幽暗的摇篮里
这珍珠的诞生，饱满，宁静而温暖

它的微笑，脱离了岁月的磨难
大海浪漫的歌谣被采珠人捞起
伴随你忐忑的心动而起伏
这奇迹的光，圆润，含蓄而明亮
仿佛依然在海的浪波间呼吸

在潮汐如雪的润滑，在樱桃的颈项上

吉狄马加

1961—

古里拉达的岩羊

再一次瞩望
那奇妙的境界
其实一切都在天上
通往神秘的永恒
从这里连接无边的浩瀚
空虚和寒冷就在那里
蹄子的回声沉默

雄性的弯角
装饰远走的云雾
背后是黑色的深渊
它那童贞的眼睛
泛起幽蓝的波浪

在我的梦中
不能没有这颗星星
在我的灵魂里
不能没有这道闪电
我怕失去了它
在大凉山的最高处
我的梦想会化为乌有

主播为你读诗·铭伟

古里拉达的岩羊

吉狄马加

再一次瞩望
那奇妙的境界
其实一切都在天上
通往神秘的永恒
从这里连接无边的浩瀚
空旷和寒冷就在那里
蹄子的回声沉默

雄性的弯角
装饰远走的云雾
背后是黑色的深渊
它那童贞的眼睛
泛起幽蓝的波浪

在我的梦中
不能没有这颗星星
在我的灵魂里
不能没有这道闪电
我怕失去了它
在大凉山的最高处
我的梦想会化为乌有

唐亚平

1962—

我就是瀑布

我率领山民们化为瀑布挣脱沉重的压抑
在悬崖上铺展液体的狂风张开宇宙的声带
代表整个高原的磅礴
代表群山蕴含的激情和心愿
哭诉高原巨大的沉寂深厚的痛苦
歌唱整个高原的想象和性格

我就是瀑布
在沉睡的梦的边缘截断阴河
变成疯狂的裸女
谁也不敢亲近我谁也不敢占有我
雷霆也不敢逞威狂风也不敢挑逗
云彩也不敢献媚苍鹰也不敢炫耀
我是个悲愤得癫狂的女人
蔑视天空蔑视大海蔑视太阳和月亮
蔑视没有声响的力量和思想
我是高原女人是十万大山慓悍的妻子
我的悲愤是高原的悲愤
我的压抑和痛苦是整个高原的压抑和痛苦
我控诉整个高原沉重的贫瘠和冷落
我歌颂整个高原的崇高和悲壮
然而高原一动不动

1983 年

主播为你读诗 · 铭伟

罗一平 | 境域系列

姚风

—

1962—

耳边风

在镜子里，我才看见自己的耳朵
他们老实而本分

平时，我命令他们
聆听各种指示，忠实不误

通过他们，我恪尽职守
直到忘记了思想

一天早上，我揽镜自照
发现两只耳朵不辞而别

从此，我再听不到各种指示
听到的，只有风声

2014 年

主播为你读诗 · 铭伟

耳边风

姚风

在镜子里，我才看见自己的耳朵
他们老实而本分
平时，我命令他们
聆听各种指令，忠实不误
通过他们，我恪尽职守
直到忘记了思想
一天早上，我揽镜自照
发现两只耳朵不辞而别
从此，我再听不到各种指令
听到的，只有风声

2014年

杨志学

1962—

苍 茫

——在龙门石窟

我是在看过宾阳洞的回望中
发现龙门的苍茫的——

横架于东西两山之间的龙门桥
作为近景，将远处推得更远

晴也好，阴也好，阴晴之间也好
苍茫是眼前景，指向无际

风也好，雨也好，风雨之后也好
苍茫是心中意，归于淡定

龙门的苍茫是一种高格
苍茫的龙门任世人评说

主播为你读诗 · 王维林

苍茫
——在龙门石窟

杨志学

我是在看过宾阳洞的回望中
发现龙门的苍茫的——

横架于东西两山之间的龙门桥
作为近景，把远处推得更远

晴也好，阴也好，阴晴之间也好
苍茫是眼前景，指向无际

风也好，雨也好，风雨之后也好
苍茫是心中意，归于淡定

龙门的苍茫是一种高格
苍茫的龙门任世人评说

汪剑钊

1963—

盐水沟

毁灭，另一种形式的拯救，
清风拂过废墟，
给虚假的历史补上说出真相的注释：
一群人喧闹地穿越海的风暴，
折断体内的白帆；
一个人独自回到自身，
在低处寻找高山的根须。

盐水沟白光闪烁，
亮得令人心痛，
风、云、雾的混合
构成咸涩的地貌。
沙漠烘烤过的心脏
碎裂，坠进无泪可流的沟壑，
血液给予最后的滋润……

主播为你读诗 · 王维林

盐水沟

汪剑钊

毁灭，另一种形式的拯救，
请风拂过废墟，
给虚假的历史补上说出真相的注释：
一群人喧闹地穿越海的风景，
折断体内的白帆；
一个人独自回到自身，
在低处寻找高山的根须。

盐水沟白光闪烁，
亮得令人心痛，
风、云、雾的混合
构成咸涩的地貌。
沙漠烘烤过的心脏
碎裂，坠进无泪可流的沟壑，
血液给予最后的滋润……

周庆荣

—

1963—

沉默的砖头

会有这么一天的。

一块一块的砖头，在建筑的下面，它们来决定一切。

苔迹，不只是岁月的陈旧。

蚂蚁，或别的虫豸，访问着这些沉默的砖，它们或许爬出一个高度，它们没有意识到墙也是高度。

有一天，这些砖头会决定建筑的形状。

富丽堂皇的宫殿或不起眼的茅舍，这些砖头说了算。

上层建筑是怎样的重量？

沉默的砖头，寂寞地负重。它们是一根又一根坚硬的骨头。

它们就是不说话，更不说过头的话。

它们踏踏实实地过着日子，一块砖挨着另一块砖，它们不抒情，它们讲逻辑。

风撞着墙，砖无言。风声吹久了，便像是历史的声音。

2010 年 10 月 14 日　凌晨

主播为你读诗 · 飞扬

沉默的砖头

周庆荣

会有这样一天的。

一块一块的砖头，在建筑的下面，它们决定一切。

苔藓，不只是岁月的陈旧。

裂纹，或别的生物，访问着这些沉默的砖，它们或许抱怨一个高度，它们没有意识到墙也是高度。

有一天，这些砖头会决定建筑的形状。

富丽堂皇的宫殿或不起眼的茅舍，这些砖记住了穿。

上层建筑是怎样的重量？

沉默的砖头，寂寞地负重。它们是一根又一根坚硬的骨头。

它们就是不说话，更不说过头的话。

它们踏踏实实地过着日子，一块砖挨着另一块砖，它们不抒情，它们讲逻辑。

风撞着墙，砖无言。风声吹久了，便像是历史的声音。

玻　璃

我把手掌放在玻璃的边刃上
我按下手掌
我把我的手掌顺着这条破边刃
深深往前推

刺骨锥心的疼痛，我咬紧牙关
血，鲜红鲜红的血流下来
顺着破玻璃的边刃
我一直往前推我的手掌
我看着我的手掌在玻璃边刃上
缓缓不停地向前进

狠着心，我把我的手掌一推到底！
手掌的肉分开了
白色的肉
和白色的骨头
纯洁开始展开

主播为你读诗 · 飞扬

玻璃

梁晓明

我把手掌放在玻璃的边刃上
我按下手掌
我把我的手掌顺着这条破边刃
慢慢往前推

刺骨锥心的疼痛，我咬紧牙关
血，鲜红鲜红的血流下来
顺着破玻璃的边刃
我一直往前推我的手掌
我看着我的手掌在玻璃边刃上
缓缓不停地向前进

狠着心，我把我的手掌一推到底！
手掌的肉分开了
白色的肉
和白色的骨头
纯洁开始展开

2016.8.8于杭州

潇潇

—

1963—

有时，一个词

秋天，通过黄金的十月
嚼着舌头，叫来
一杯杯烈性的二锅头

眼看着一首诗的光芒缩进肉体
把人心弄得飞起来

有人在一口气中出走
有人在一个句子中悔恨
有人在借一些词语杀人

一场暴雨像耳光落了下来
秋天，这黄金的软有些招架不住

有人借着酒劲用假象来支撑，却忘了
有时一个词可以要你飞到天上
也可以要你生不如死

2009年10月27日晨5点

主播为你读诗 · 小雨

有时，一个詞

秋天，通过黄金的十月
嚼着舌头，叫来
一杯杯烈性的二锅头

眼看着一首詩的光芒縮进肉体
把人心弄得飞起来

有人在一口气中出走
有人在一个句子中悔恨
有人在借一些詞語杀人

一场暴雨像耳光落了下来
秋天，这黄金的软有些招架不住

有人借着酒劲用假象来支撑，却忘了
有时一个詞可以要你飞到天上
也可以要你生不如死

2009年10月27日晨5点
2016年8月31日抄写

潇潇

苏历铭

—1963—

银杏树

耗费一生的时间
金灿灿的阔叶凄美落下
秋风四起，它们如同破壳的鸡雏啄食碎米
抖动着欲风的翅膀
一群壮汉围坐在银杏树下
畅饮烈性的米酒
说着外乡人听不懂的方言
风铃晃走渐远的光阴
无意间有人发现远处的我
踉跄地站起身来
指着身边空置的树墩
喊我坐下
真想成为他们的兄弟
一路上我走得孤单
虽无酒量
却坚定地接过斟满的酒杯
在戴着面具的现世下
我选择轻信陌生人
满地的银杏树叶缀满隐秘的心底
干净的美，值得暂时忘掉地平线
在高黎贡山下毫无顾忌地
宿醉一场

2013 年 11 月 22 日 云南腾冲

主播为你读诗 · 方亮

银杏村

苏历铭

耗费一生的时间
金色映山的扇叶凄美落下
秋风四起，它们如同破壳的鸟雏啄食碎米
抖动着欲飞的翅膀
一群壮汉围坐在银杏树下
畅饮烈性的米酒
说着外乡人听不懂的方言
风铃是走渐远的光阴
无意间有人发现远处的我
踉跄地站起身来
指着身边空置的树墩
喊我坐下
真想成为他们的兄弟
一路上我走得孤单
虽无酒量
却坚定地接过斟满的酒杯
在戴着面具的现世上
我选择轻信陌生人
满地的银杏树叶缀满隐秘的心底
干净的美，值得暂时忘掉地平线
在高黎贡山下毫无顾忌地
宿醉一场

2013年11月22日 云南腾冲

高兴
1963—

兄弟

初次见面，
你就拍着我的肩膀
大声地招呼：兄弟！
我一愣，然后笑道：
是啊，诗人都该是兄弟。

在你热气腾腾的话语中，
我仿佛又回到了
二十世纪的童年。那时
雨就是雨，风只吹来风，
一场电影就是一个节日。
那时，听从妈妈的吩咐，
无论见到谁，都要叫
叔叔或伯伯，阿姨或婶婶
爷爷或奶奶。那时，
我开心地想：
原来所有人都是我的亲戚，
所有亲戚
肯定都会给我带来糖果和玩具。

主播为你读诗 · 飞扬

兄弟

初次见面，
你就拍着我的肩膀
大声地招呼：兄弟！

我一愣，然后笑道：
是呀，诗人都该是兄弟。

在你热气腾腾的诗境中，
我仿佛又回到了
二十世纪的童年。那时，
雨就是雨，风只吹来风，
一场电影就是一个节日。
那时，听从妈妈的吩咐，
无论见到谁，都要叫
叔叔或伯伯，阿姨或姑姑
爷爷或奶奶。那时，
我开心地想：
原来所有人都是我的亲戚，
所有亲戚
肯定都会给我带来糖果和玩具。

高兴

2016.9.7. 杭州

华清

1963—

蚯　蚓

泥土上出现了最小的山峰
一场春雨将它们唤醒
当我走过北京的街角
无意中看见了它肉红色的背脊

这是一只首都的蚯蚓，很浅的泥土
让我想起这个干冷的冬天
这被碾压得铁一样的土地
如何藏得下它软弱无钙的身体

一条习惯了寒冷的蚯蚓
在黑暗中大概已学会了忘记
它很快藏起一段暗红
闪电一样使我忆起了屈辱的前生

2005 年 3 月 2 日　北京

主播为你读诗 · 方亮

蚯蚓

华清

泥土上出现了最小的山峰
一场春雨将它们唤醒
当我走过北京的街角
无意中看见了它肉红色的背脊

这是一只首都的蚯蚓，很浅的泥土
让我想起这个干冷的冬天
这被碾压得铁一样的土地
如何藏得下它软弱无骨的身体

一条习惯了寒冷的蚯蚓
在黑暗中大概已学会了忘记
它很快藏起一段暗红
闪电一样使我忆起了屈辱的前生

2005.3.2 北京

亚洲铜

亚洲铜，亚洲铜
祖父死在这里，父亲死在这里，我也将死在这里
你是唯一的一块埋人的地方

亚洲铜，亚洲铜
爱怀疑和爱飞翔的是鸟，淹没一切的是海水
你的主人却是青草，住在自己细小的腰上，
守住野花的手掌和秘密

亚洲铜，亚洲铜
看见了吗？那两只白鸽子，它们是屈原遗落在沙滩上的白鞋子
让我们——我们和河流一起，穿上它们吧

亚洲铜，亚洲铜
击鼓之后，我们把在黑暗中跳舞的心脏叫作月亮
这月亮主要由你构成

1984年10月

主播为你读诗 · 飞扬

亚洲铜

—海子

亚洲铜，亚洲铜
祖父死在这里，父亲死在这里，我也将死在这里
你是唯一的一块埋人的地方

亚洲铜，亚洲铜
爱怀疑和爱飞翔的是鸟，淹没一切的是海水
你的主人却是青草，住在自己细小的腰上，守住
野花的手掌和秘密

亚洲铜，亚洲铜
看见了吗？那两只白鸽子，它们是屈原遗落在沙滩上
的白鞋子
让我们——我们和河流一起，穿上它们吧

亚洲铜，亚洲铜
击鼓之后，我们把在黑暗中跳舞的心脏叫作月亮
这月亮主要由你构成

1984.10

海子弟弟查曙明书

臧棣

—1964—

作为一个签名的落日丛书

又红又大，它比从前更想做
你在树上的邻居。

凭着这妥协的美，它几乎做到了，
就好像这树枝从宇宙深处伸来。

它把金色翅膀借给了你，
以此表明它不会再对鸟感兴趣。

它只想熔尽它身上的金子，
赶在黑暗伸出大舌头之前。

凭着这最后的浑圆，这意味深长的禁果，
熔掉全部的金子，然后它融入我们身上的
　黑暗。

2012 年 11 月 15 日

主播为你读诗 · 小雨

作为一个签名的落日丛书

臧棣

又红又大，它比从前更想做
你在树上的邻居。

凭着这妥协的美，它几乎做到了，
就好像这树枝正从宇宙深处伸来。

它把金色翅膀借给了你，
以此表明它不会再对鸟感兴趣。

它只想熔尽它身上的金子，
赶在黑暗伸出大舌头之前。

凭着这最后的浑圆，这意味深长的禁果，
熔掉全部的金子，然后它融入我们身上的黑暗。

2012年11月15日

高凯

—

1964—

老照片

一个瞬间
就这样在时光里老了
尘埃落定

几位亲人已不在人世
此刻　我和已故的亲人们
聚在一起

我注视着我们
我们注视着我　太意外了
其实大家是面面相觑

从前　我们
怎么把所有的日子都过成了黑
或者白

一层薄纸　生死两茫茫
我看了正面
又看背面

主播为你读诗 · 小雨

老照片

高凯

一个瞬间
就这样在时光里老了
尘埃落定

几位亲人已不在人世
此刻 我和已故的亲人们
聚在一起

我注视着我们
我们注视着我 太意外了
甚至大家是面面相觑

此前 我们
怎么把所有的日子都过成了黑
或者白

一层薄纸 生死两茫茫
我看了正面
又看背面

贰零壹陆年初夏应谭西昌先生求予兰州卧心居 高凯

刘福君
1964—

母亲的遗憾

没能亲眼见到毛主席
是母亲心中最大的遗憾
而今，家里挂着毛主席像
把他当神

1976 年
当秋风把毛主席送走的时候
母亲嚎啕大哭
一边哭一边磨叨
这么大个国这么大的家
谁当毛主席

毛主席在北京在水晶之中
母亲在燕山的褶皱里
离北京 146 公里
这个不算太长的路程
成为今生今世
无法缩短的距离

主播为你读诗 · 小雨

母亲的遗憾

刘福君

没能亲眼见到毛主席
是母亲心中最大的遗憾
而今，家里挂着毛主席像
把他当神

1976年
当秋风把毛主席送走的时候
母亲嚎啕大哭
一边哭一边磨叨
这么大个国这么大的家
谁当毛主席

毛主席在北京在水晶之中
母亲在燕山的褶皱里
离北京146公里
这不算太长的路程
却成为今生今世
无法缩短的距离

田禾
1964—

山寺

山寺是钟声堆起来的。半老的和尚
敲响了山寺上空的月亮。

尊座上，三个寂寞的菩萨
与几个剃光头的和尚
默默相对
其中一个，手捧经书，坐于清风
他的朗诵近于虚空。

我的奶奶
清晨从寺门进来
见佛便跪，跪了便磕头
一粒奇异神火，一碗灯
用三尺光芒照着奶奶。

菩萨没有国家
也从不与我奶奶说话。

山寺

田禾

山寺是钟声堆起来的。半夜的和尚
敲响了山寺上空的月亮。

尊座上，三个寂寞的菩萨
与几个剃光头的和尚
默默相对
其中一个，手捧经书，坐于清风
他的朗诵近于虚空。

我的奶奶
清晨从寺门进来
见佛便跪，跪了便磕头、
一粒奇异神火，一碗灯
用三尺光芒照着奶奶。

菩萨没有回家
也从不与我奶奶说话。

阿库乌雾

—1964—

斧头

我与你交换斧头
昨夜梦中印第安首领
我梦见你带领自己的部落
用你砍伐森林的斧头
砍杀另一个部族
无辜的人们

我那祖传的斧头
在我祖先的手里
同样砍下过
同胞的头颅
我们交换斧头吧
让这血腥的工具
见证我们的友谊
成为我们梦醒时
相互馈赠的礼品
让那自残的梦魇
不要继续流传给
我们的子孙

2009年11月5日　美国

主播为你读诗 · 飞扬

斧头

阿库乌雾

我与你交换斧头，
昨夜梦中印第安首领
我梦见你带领自己的部落
用你砍伐森林的斧头
砍杀另一个部落
无辜的人们

我那祖传的斧头，
在我祖先的手里
同样砍下过
同胞的头颅

我们交换斧头吧
让这血腥的工具
见证我们的友谊
成为我们梦醒时
相互馈赠的礼品
让那自残的梦魇
不要继续流传给
我们的子孙

2009年11月5日写于美国
2016年10月29日抄录于
"首届世界少数民族文学
国际研讨会"会场

周亚平
—
1964—

右边的光明

独木桥
把一半木
留在光线之中

女人和狗
把狗留在光线之中

大地烧焦
把爱情留在
伤痛之中

主播为你读诗 · 铭伟

左边的光明

独木桥
把一半木
留在光线之中

女人和狗
把狗留在光线之中

大地烧焦
把爱情留在
伤痛之中

周云蓬 童钟子
2016.11.29

沙克

—1964—

守恒

人死了，被火化
剩下几两灰
起先的一百多斤怎么变少了？

变成火光烧掉一些
变成烟霭跑掉一些
变成水分蒸发一些
变成热量散去一些
加起来有多重？

死了就没有了
哪来的重量
所有的死只留下几两灰
一些火光、烟霭、水分、热量

人活着，减少累赘
魂才能重些
死了就没有了
几两灰里藏不住宝贵

不用去找魂
死了就没有了
带不动那么沉重的东西

2013年1月

主播为你读诗 · 铭伟

守恒

沙克

人死了，被火化
剩下几两灰
走之前的一百多斤怎么变少了？

变成火光烧掉一些
变成烟雾飘掉一些
变成水分蒸发一些
变成热量散去一些
加起来有多重？

死了就没有了
哪来的重量
所有的死只留下几两灰
一些火光、烟雾、水分、热量

人活着，减少累赘
魂才能重些
死了就没有了
几两灰里藏不住宝贵

不用去找魂
死了就没有了
带不动那么沉重的东西

（写于2013年1月）

树才

—1965—

安宁

我想写出此刻的安宁
我心中枯草一样驯服的安宁
被风吹送着一直升向天庭的安宁
我想写出这住宅小区的安宁
汽车开走了停车场空荡荡的安宁
儿童们奔跑奶奶们闲聊的安宁
我想写出这风中的清亮的安宁
草茎颤动着嗞嗞响的安宁
老人裤管里瘦骨的安宁
我想写出这泥地上湿乎乎的安宁
阳光铺出的淡黄色的安宁
断枝裂隙间干巴巴的安宁
我想写出这树影笼罩着的安宁
以及树影之外的安宁
以及天地间青蓝色的安宁
我这么想着没工夫再想别的
我这么想着一路都这么想着
占据我全身心的，就是这
——安宁

2000 年 3 月　北京

主播为你读诗 · 小雨

安宁

我想写出此刻的安宁
我心中枯草一样驯服的安宁
被风吹送着一直升向天庭的安宁
我想写出这住宅小区的安宁
汽车开走了停车场空荡荡的安宁
儿童们奔跑奶奶们闲聊的安宁
我想写出这风中的清亮的安宁
草茎颤动着嘶嘶响的安宁
老人裤管里瘦骨的安宁
我想写出这泥地上湿乎乎的安宁
阳光铺出的淡黄色的安宁
断枝裂隙间干巴巴的安宁
我想写出这树影笼罩着的安宁
以及树影之外的安宁
以及天地间青蓝色的安宁
我这么想着没功夫再想别的
我这么想着一路都这么想着
占据我全身心的，就是这
——安宁

二〇〇二年三月 北京
抄于二〇一六年七月亦庄

龚学敏

1965—

在太原晋祠

我在周朝的三岔路口结庐，掘井，预言飞机们的晚点。身影在柏字写下的鸟鸣里长生不老。我的一生炼成一枚汉字，从周至此，卵一样，漂浮在水中。

鱼比我高些。我在夏日的戏台上粉墨，荷叶们性别颠倒，我终是不出，把嗓子吊在那根草救命的地方。烽火三万里，呛着我了。导游身着的历史在小褂子里一边偷窥，一边生长。

在太原。我看见晋祠站在纸搭成的桥上。汉字们蜂拥而至，飞机是从柏中伸出的金属，与西去的鹤一同，朝着我担心。

金属们的花朵和导游虚假的姿色，开放在午眠的砚台上。唱戏的诗人用泉水研墨，染发。把整整一个清晨的句子，泼向空中。飞机们在宣纸上聚散自如，像柏潜伏的儿女。

和柏匹配的是一只叫做暮色的乌鸦，长发，穿着飞机的外套。并且，用熟透的杏，算计抵达周朝，需要多少个圆润的爱情。

2013年7月

主播为你读诗 · 飞扬

在太原晋祠

梁晓明

我在周朝的三岔路口停下，握住，预言飞机们的眼皮。
身影在拐弯写下的鸟鸣里长生不老。我的一生将成一段汉字，
从周至此，卵一样，漂浮在水中。

直的我高出。我在夏日的戏台上挑墨，芍药们纷纷扬倒，
我停足不出，把嗓子吊在那指挥拳头的地方。烽火三万里，
吃着我了。鸟们偷着的历史小辫子里一边偷窥，一边生长。

在太原，我看见晋祠献在底搭成的桥上。汉字们蝉翼而飞，
飞机是从指中伸出的金属，与西去的鸽子一同，都替我担心。

金属们的茬手和鸟们渲染的安色，安放在千顷的砚台上。
唱戏的嗓子用泉水研墨，笔尖，把要一个清澈的句子，
泼向空中。飞机们在空中最散自如，像柏树枝的叶。

和柏底配的是一只叫做喜鹊的鸟儿，长尾，穿着飞机的外套。
黄昏，用弹奏的手，算计揍过周朝，东方与少下周洞的夏季。

姜念光

1965—

读 史

关于兴亡，已是公开的秘密
君臣们，外出打仗或在后宫休息
放眼史册所载，就是
一次圆场接着下一折戏

可是，谁听见土地哭诉渴望
民心的呐喊，往往
埋在几个锈迹斑斑的词汇中

想到修身齐家治国平天下
我们就精心擦亮古老的铜镜
反复照看自己的面庞和身影

主播为你读诗 · 飞扬

讀史

姜念光

关于兴亡，已是公开的秘密
君臣们，外出打仗或在后宫休息
放眼史册所载，就是
一次圆场接着下一折戏

可是，谁听见土地哭述渴望
民心的呐喊，往往
埋在几个锈迹斑斑的词汇中

想到修身齐家治国平天下
我们就精心擦亮古老的铜镜
反复照看自己的面庞和身影

气球与空虚

地球就像一只令人出其不意的气球
里面是实的 外面是空的
在无边无际的空虚里飘荡着

在无边无际的空虚里飘荡着的气球一样的
　地球
它的头是重的 它的翅膀是重的 心也是重的
不费吹灰之力就碰落了一架飞机
碰碎了一只老鹰
甚至将不慎撞倒的一座山扔垃圾一样扔进
　了大海
从而把它们不得要领占领过的空虚
重又还给了无边无际
只有宇宙才配得上的空虚

从而使气球一样在无边无际的空虚中飘荡
　的地球
有了心脏一般既敏感又敦实的形状
和比心脏还要难以憋破的
但却能被空虚所憋破的气球所验证出的
全部空虚的真理

2012年12月26日　西安

气球与空虚

地球就像一只令人出其不意的气球
里面是实的　外面是空的
在无边无际的空虚里飘荡着

在无边无际的空虚里飘荡着的
气球一样的地球
它的头是重的　它的翅膀是重的
心也是重的
不费吹灰之力就碰落了一架飞机
碰碎了一只老鹰
甚至将不慎撞倒的一座山
扔垃圾一样　扔进了大海

从而把它们不得要领与领域的空虚
重又还给了无边无际　只有宇宙
才配得上的空虚

从而使气球一样在无边无际的
空虚中飘荡的地球
有了心脏一般既敏感又教实的形状
和比心脏还要难以憋破的
但却能被空虚所憋破的气球
所验证出的
全部空虚的真理

壬辰年12月28日·西安

雁西

—

1965—

致爱神

一朵雪花
要经过多少时间
才会这么美丽飞来
经过千里之后的选择
飘落在我的手上
仅仅几分钟便
化成了水珠

她是无数雪花中的一朵
她没有另外的名字
但我相信她不是偶然
飘落在我的手上
她一定想要告诉我什么
或者要证明什么

她来得十分及时
飞落在我的伤口上
她告诉我消逝的疼痛
告诉我死亡的瞬间
告诉我已经没有必要
刺伤最爱的人

这朵雪花
是爱神传来的消息
对于最爱的人
要像她飘来时那么洁白
还要像她化成水的时候
无怨无悔

主播为你读诗 · 小雨

致雪神

嘛雨

一朵雪花
要经过多少时间
才会这么美丽飞来
经过千里之后的选择
飘落在我的手上
仅仅几分钟后
化成了水珠

她是无数雪花中的一朵
她没有另外的名字
但我相信她不是偶然
飘落在我的手上
她一定想要告诉我什么
我需要证明什么

她来得十分及时
飞落在我的伤口上
她告诉我许多遥远的疼痛
告诉我死亡的瞬间
告诉我已经没有机会
剩下最爱的人

这朵雪花
是雪神传来的消息
对于最爱的人
要像她飘来时那么洁白
还要像她化成水的时候
无怨无悔

庄伟杰

—

1965—

为碎玉祭礼

一块圆形的白玉，不小心
随着骇人的一声啪啦
碎响于地上，面目全非

一颗致命的心，如打碎的玉器
斑驳成两三朵花蕊
有种喊不出来的空茫和痛
连同一份负罪感和忏悔感
令一整个夏日发生痉挛

如此见证了一回玉碎的情景
似乎倾听到一轮圆月撞击
琐碎的日子，分离成碎片
叹息绝响，化作不可复制的形体
这生命之殇，凄美得令人不敢凝视

唯有静静地捧在手中，以生命的名义
充满敬畏地举行祭礼
为碎裂的圣洁，默哀诵经

主播为你读诗 · 飞扬

為碎玉祭禮

范儒志

一塊圓形的白玉，不小心
隨着驚人的一聲嘩啦
破碎於地上，面目全非

一顆致命的心，如打碎的玉器
斑駁成為三朵繁蕊
有種喊不出來的失落和痛
連同一份負罪感和懊悔感
令一整個夏日發出悲哀

如此見證了一回玉碎的情景
似乎聯想到一輪圓月撞出
璀璨的日子，分離成碎片
嘆息絕響，化作不可多得的形體
使生命之殤，凄美得令人不敢凝視

唯有靜靜地捧在手中，以生命的名義
虔誠敬畏地舉行祭禮
為碎瓷的聖潔，默念誦經

祁人

—1965—

命运之门

偶然之间
你轻轻一推
命运之门便启开了

人生一如既往
无暇顾及往日的一切
比如红豆般的相思
比如绿叶般的心事
比如大海中颠簸的船只
比如载着船只漂泊的流水
比如一切
一切都在命运造访之前
严阵以待

偶然之间
或者在想象之外
你轻轻一击
岁月之河便解冻了
命运之门
亦然洞开

主播为你读诗 · 飞扬

偶然之间 像轻轻一推 命运之门
便启开了 人生一如既往 無暇顧
及往日的一切 比如红豆般的相思
比如缥缈般的心事 比如大海中
顛簸的船只 比如载着船只
漂泊的流水 比如一切 一切都在
命运造访之前 严阵以待
偶然之间 或者在想象之外
像轻轻一推 岁月之河 便解冻了
命运之门 亦然洞开

新人诗一首 命运之门

丙申夏日自書於光明轩

石厉

1965—

怀念

我坐在朝任意方向开走的列车上
随着大地的鼓面颤动
前行的奏鸣曲在咔咔的节奏中响起
这时候我就是交响乐中一个活的音符
既是演奏者，又是被演奏者

可以怀念，可以梦想
过去在音色的渲染中改变着面貌
天穹的幕布忽然启开，又忽然被拉上
村庄和城市，只是巨幅山水画面中的点缀
像旧日王谢家的燕子，迎面飞去

到站了，心也就和未来一样空
向远处爬去的两条铁轨，乌黑冰凉
是两把躺在地上， 寂寞下来的利剑
事情总被刺穿，距离总要消失

主播为你读诗 · 飞扬

怀念

石厉

我坐在朝任意方向开走的列车上
随着大地的鼓面颤动
前行的奏鸣曲在咔咔的节奏中响起
这时候我就是交响乐中一个活的音符
既是演奏者，又是被演奏者

可以怀念，可以梦想
过去在音色的渲染中改变着面貌
天穹的幕布忽然启开，又忽然被拉上
村庄和城市，只是巨幅山水画面中的点缀
像旧日王谢家的燕子，迎面飞去

到站了，心也就和未来一样空
向远处爬去的两条铁轨，乌黑冰凉
是两把躺在地上，寂寞下来的利剑
事情总被刺穿，距离总要消失

2016年11月5日石厉
重抄于北京而湿堂

黑暗中，听莱昂纳德·科恩的歌

没有比科恩更加男性的声音了
没有比科恩更加伤感的歌吟了

一些音符从深海升起
一些节拍在云端梦游

刚刚还在细语缠绵
马上又要离别无期

关了灯闭上眼睛
端杯红酒轻轻说声
“晚上好，科恩”

神秘的深喉伫立空中
灵魂的交欢来自高处

你把日子过成诗
在空无一人的地方
充满勇气大声宣布
“我爱你”

你的屋子你的世界
像一只地球之外的大船
即使在漆黑的夜里
也那么闪亮的
自由晃荡

2009年11月　海口

黑暗中，听莱昂纳德·科恩的歌

没有比科恩更加男性的声音了
没有比科恩更加伤感的歌吟了

一些音符从深海升起
一些节拍在云端梦游

刚刚还在细语缠绵
马上又要离别无期

关了灯闭上眼睛
端杯红酒轻轻说声
“晚上好，科恩”

神秘的深喉在空中
灵魂的交欢来自高处

你把日子过成诗
在空无一人的地方
充满勇气大声宣布
“我爱你”

你的房子你的世界
像一只地球之外的大船
既使在漆黑的夜里
也那么闪亮的
自由晃荡

远岸
2009.11.海口

冰峰

—1965—

海子卧轨的地方

或许，你想阻挡什么
用你的诗歌
用你弱小的身体
用你的一种行动

多少年过去了，火车没有停下来
坐火车的人，并不知道
他们所坐的火车
曾被什么阻挡了一下

主播为你读诗 · 飞扬

海子卧轨的地方

冰峰

或许，你想阻挡什么
用你的诗歌
用你弱小的身体
用你的一种行动

多少年过去了，火车没有停下来
坐火车的人，并不知道
他们所坐的火车
曾被什么阻挡了一下

伊沙

1966—

车过黄河

列车正经过黄河
我正在厕所小便
我深知这不该
我应该坐在窗前
或站在车门旁边
左手叉腰
右手作眉檐
眺望 像个伟人
至少像个诗人
想点河上的事情
或历史的陈账
那时人们都在眺望
我在厕所里
时间很长
现在这时间属于我
我等了一天一夜
只一泡尿工夫
黄河已经流远

1988 年

主播为你读诗 · 楚河

车过黄河

伊沙

列车正经过黄河
我正在厕所小便
我深知这不该
我应该坐在窗前
或站在车门旁边
左手叉腰
右手作眉檐
眺望 像个伟人
至少像个诗人
想点河上的事情
或历史的陈迹
那时人们都在眺望
我在厕所里
时间很长
现在这时间属于我
我等了一天一夜
只一泡尿功夫
黄河已经远去

一九八八年作于北师大

二〇一六年一月抄于长安[illegible]

胡弦
—
1966—

丹江引

河流之用，在于冲决，在于
大水落而盆地生，峻岭出。
——你知道，许多事都发生在
江山被动过手脚的地方。但它
并不真的会陪伴我们，在滩，塬，坪之间
迂回一番，又遁入峡谷，只把
某些片段遗弃在人间。
丙申春，过龙驹寨，见桃花如火
过竹林关，阵阵疾风
曾为上气不接下气的王朝续命。
春风皓首，怒水无常，光阴隐秘的缝隙里，
亡命天涯者，曾封侯拜将，上断头台。
而危崖古驿船帮家国都像是
从不顾一切的滚动中，车裂而出之物。
戏台上，水袖忽长忽短
盲目的力量从未恢复理性。
逐流而下的好嗓子，在秦为腔，
在楚为戏，遇巨石拦路则还原为
无板无眼的一通怒吼。

丹江引

胡弦

河流之用，在於冲决，在于
大水落而盆地生，峻谷出。
——你知道，许多事都发生在
江山被动过手脚的地方。但它
并不真的会陪伴我们，在滩、塬、坪之间
迂回一番，又遁入峡谷，只把
某些片断遗弃在人间。
丙申春，过龙驹寨，见桃花如火；
过竹林关，阵阵狂风
曾为上气不接下气的王朝续命。
春风浩荡，怒水无常，光阴隐身的缝隙里，
亡命天涯者，曾封侯拜将，上断头台。
而危崖古驿船帮会馆都像是
从不顾一切的流动中，车裂而出之物。
戏台上，水袖总是太短，
盲目的力量从未恢复理性。
顺流而下的好嗓子，在秦为腔，
在楚为戏，遇巨石拦路则迸发为
无根无眼的一通怒吼。

鲁若迪基

1967—

小凉山很小

小凉山很小
只有我的眼睛那么大
我闭上眼
它就天黑了

小凉山很小
只有我的声音那么大
刚好可以翻过山
应答母亲的呼唤

小凉山很小
只有针眼那么大
我的诗常常穿过它
缝补一件件母亲的衣裳

小凉山很小
只有我的拇指那么大
在外的时候
我总是把它竖在别人的眼前

主播为你读诗 · 杨玉冰

小凉山很小

鲁若迪基

小凉山很小
只有我的眼睛那么大
我闭上眼
它就天黑了

小凉山很小
只有我的声音那么大
刚好可以翻过山
应答母亲的呼唤

小凉山很小
只有针眼那么大
我的诗常常穿过它
缝补一件件母亲的衣裳

小凉山很小
只有我的拇指那么大
在外的时候
我总是把它竖在别人的眼前

陈先发

1967—

前世

要逃，就干脆逃到蝴蝶的体内去
不必再咬着牙
打翻父母的阴谋和药汁
不必等到血都吐尽了
要为敌，就干脆与整个人类为敌
他哗地一下就脱掉了蘸墨的青袍
脱掉了一层皮
脱掉了内心朝飞暮倦的长亭短亭
脱掉了云和水
这情节确实令人震悚
他如此轻易地
又脱掉了自己的骨头
我无限眷恋的最后一幕是
他们纵身一跃
在枝头等了亿年的蝴蝶浑身一颤
暗叫道：来了
这一夜明月低于屋檐
碧溪潮生两岸

只有一句尚未忘记
她忍住百感交集的泪水
把左翅朝下压了压
往前一伸，说
梁兄，请了，请 了——

主播为你读诗 · 杨玉冰

前世

陈先发

要逃，就干脆逃到蝴蝶的体内去
不必再咬着牙
打翻父母的阴谋与药汁
不必等到血都吐尽了
要为敌，就干脆与整个人类为敌
他哗地一下脱掉了蘸墨的青袍
脱掉了一层皮
脱掉了内心朝飞暮倦的长亭短亭
脱掉了云和水
这情节确实令人震惊
他如此轻易地
又脱掉了自己的骨头
我无限眷恋的最后一幕是
他们纵身一跃
在枝头等了亿年的蝴蝶浑身一颤
暗叫道：来了
这一夜明月低于屋檐
碧溪潮生两岸

只有一句尚未忘记
她压住百感交集的泪水
把左翅朝下压了压
往前一伸，说
梁兄，请了，请了——

2004年6月2日

洪烛

1967—

桃花扇

这把祖传的扇子
注定属于秦淮河的，秦淮河畔的桃花
开得比别处要鲜艳一些
你溅在扇面上的血迹
是额外的一朵

风是没有骨头的，你摇动的扇子
使风　有了骨头

这条河流的传说
注定与一个女人有关
扇子的正面与背面
分别是夜与昼、生与死、爱与恨
是此岸与彼岸。你的手不得不
承担起这一切，夜色般低垂的长发
成了秦淮河的支流

水是没有骨头的，你留下的影子
使水　有了骨头

你的扇子是风的骨头
你的影子是水的骨头，至于你的名字
是那一段历史的骨头

别人的花朵轻飘飘
你的花朵沉甸甸

2003年3月

主播为你读诗 · 杨玉冰

桃花扇　洪烛

这把祖传的扇子
注定属于秦淮河的，秦淮河畔的桃花
开得比别处要鲜艳一些
你溅在扇面上的血迹
是额外的一朵

风是没有骨头的，你摇动的扇子
使风有了骨头

这条河流的传说
注定与一个女人有关
扇子的正面与背面
分别是夜与昼、生与死、爱与恨
是此岸与彼岸。你的手不得不
承担起这一切，夜色般低垂的长发
成了秦淮河的支流
水是没有骨头的，你留下的影子
使水有了骨头

你的扇子是风的骨头
你的影子是水的骨头，至于你的名字
是那一段历史的骨头

别人的花朵轻飘飘
你的花朵沉甸甸

李少君

—

1967—

敬亭山记

我们所有的努力都抵不上
一阵春风，它催发花香
催促鸟啼，它使万物开怀
让爱情发光

我们所有的努力都抵不上
一只飞鸟，晴空一飞冲天
黄昏必返树巢
我们这些回不去的浪子，魂归何处

我们所有的努力都抵不上
敬亭山上的一个亭子
它是中心，万千风景汇聚到一点
人们云一样从四面八方赶来朝拜

我们所有的努力都抵不上
李白斗酒写下的诗篇
它使我们在此相聚畅饮长啸
忘却了古今之异，消泯于山水之间

2014年6月

主播为你读诗 · 杨玉冰

敬亭山记

李少君

我们所有的努力都抵不上
一阵春风，它催发花香
催促鸟啼，它使万物开怀
让爱情发光

我们所有的努力都抵不上
一只飞鸟，晴空一飞冲天
黄昏必返树巢
我们这些回不去的浪子，魂归何处

我们所有的努力都抵不上
敬亭山上的一个亭子
它是中心，万千风景汇聚到一点
人们云一样从四面八方赶来朝拜

我们所有的努力都抵不上
李白斗酒写下的诗篇
它使我们在此相聚畅饮长啸
忘却了古今之异，消泯于山水之间

谷禾
—1967—

《胡风传》第284页

当他终于回到我们中间，脱下沉重的铁镣
像丢开一件救生衣，在白花花的阳光下，
发出人的哭泣，这个衰老的、猥琐的、
丧失记忆的哑巴，他至死不宽恕当年落井
下石的朋友。这个肉体的残废，像敬畏神灵一样
敬畏最卑微的草芥，当他用流血的笔
揭开尘封的真，这个大地的思想者
一次次被谩骂、殴打、凌辱
放逐、万劫不复地诅咒。他想到死
死亡的耻辱和高蹈，“死亡就像凉爽的夏夜。”
川端康成在纸上写下“我散步去了”，就没有回来，但是他要咬牙切齿地活下去，
沉默地，顽固地，满面含羞地活着
这个终生不跪的人，应当被我铭记，
不是用青铜的雕像和丰碑，
也不用轻飘飘的文字，
他生命的诗篇被大地吟哦
他血肉养育的光芒照耀我读书写字。

主播为你读诗 · 楚河

《胡风传》第284页

谷禾

当他终于回到我们中间，脱下沉重的铁镣
像丢开一件救生衣，在白花花的阳光下，
发出人的笑话，这个衰老的、猥琐的、
丧失了记忆的哑巴，他至死不怨当年落井
下石的朋友。这个肉体的残废、像敬畏神灵
一样
敬畏最卑微的草芥，当他用流血的笔
揭开苍生的真相，这个大地的思想者
一次次被谩骂、殴打、凌辱
放逐、万劫不复地诅咒。他想到死
死亡的耻辱和高蹈，"死亡就像凉爽的
夏夜。"
川端康成在纸上写下"我就要去了"，就没有
回来，但他要咬牙切齿地活下去
活跃地、顽固地，满面含羞地活着
这个终生不跪的人，应当被我铭记，
不用青铜的雕像和丰碑，
也不用轻飘飘的文字，
他生命的诗篇被大地吟哦
他血肉养育的光芒照耀我读书写字

2000年代

2016.8.书于北京

抄

侯马

—

1967—

傍晚来到天津

——致徐江

我和爱妻傍晚来到天津
强烈地感到我们不是天津人
我反复审视纸片上的地址
而心里总有点不牢靠
噢，我的好友
如果你不住天津
我来干什么，来了找谁
一个异乡人
黄昏时来到异地的滋味
你们都尝过
有点兴奋新奇，还有点茫然恐惧
但更重要的是
它激起了我爱和活着的勇气
我就这么想，假如我
再活一遍该多好
作为一名天津人
在这座城市度过童年和青春

1994 年 6 月 24 日

主播为你读诗 · 楚河

傍晚来到天津

——致徐江

侯马

我和爱妻傍晚来到天津
强烈地感到我们不是天津人
我反复审视纸片上的地址
而心里总有点不牢靠
嘿，我的好友
如果你不住天津
我来干什么，来了找谁
一个异乡人
黄昏时来到异地的滋味
你们都尝过
有点兴奋新奇，还有点茫然恐惧
但更重要的是
它激起了我爱和活着的勇气
我就这么想
假如我
再活一遍该多好
作为一名天津人
在这座城市度过童年和青春

创作于1994年6月24日
书写于2016年8月6日

梅尔

—

1968—

雅泉的夜晚

此起彼伏的蛙鸣
和此起彼伏的狗吠
蛙们表达着惬意
狗们相互问候
山在影中沉默

一对正在发育的蟋蟀
伏在窗下谈情
雨又嘀咕起来
淅淅沥沥
淅淅沥沥
抚平了都市焦虑的皱褶
滋润着旅人干渴的心

我需要一盏油灯
就着潮湿的岁月
与夜对话

2013 年 5 月 24 日

雅泉的夜晚

梅尔

此起彼伏的蛙鸣
和此起彼伏的狗吠
蛙们表达着惬意
狗们相互问候
山在影中沉默

一对正在发育的蟋蟀
伏在窗下谈情
雨又嘀咕起来
淅淅沥沥
淅淅沥沥
抚平了都市焦虑的皱褶
滋润着诗人干涸的心

我需要一盏油灯
就着潮湿的岁月
与夜对话

2013年5月24日.

周瑟瑟
1968—

林中鸟

父亲在山林里沉睡，我摸黑起床
听见林中鸟在鸟巢里细细诉说:“天就要亮了，
那个儿子要来找他父亲。”
我踩着落叶，像一个人世的小偷
我躲过伤心的母亲，天正麻麻亮
鸟巢里的父母与孩子挤在一起，它们在开早会
它们讨论的是我与我父亲:“那个人没了父亲
谁给他觅食？谁给他翅膀？”
我听见它们在活动翅膀，
晨曦照亮了尖嘴与粉嫩的脚趾
“来了来了，那个人来了——
他的脸上没有泪，
但他好像一夜没睡像条可怜的黑狗。”
我继续前行，它们跟踪我，
在我头上飞过来飞过去
它们唧唧喳喳议论我——“跪下了，跪下了，
他脸上一行泪却闪闪发亮……”

主播为你读诗 · 楚河

林中鸟

周瑟瑟

父親在山林里沉睡，我摸黑起床
听見林中鸟在鸟巢里细细诉说："天就要亮了，
那个儿子要来找他的父親"。
我踩着落叶，像一个人世的小偷
我躲过伤心的母親，天已麻麻亮
鸟巢里的父母与孩子挤在一起，它们在开早会
它们讨论的是我与我父親："那个人没了父親
谁给他覓食？誰给他翅膀？"
我听見它们在活动翅膀，晨曦照亮了尖嘴与粉嫩的
　脚趾
"来了来了，那个人来了——
他的脸上没有泪，但他好像一夜没睡像条可怜的黑狗。"
我继续前行，它们跟踪我，在我头上飞过来飞过去
它们唧唧喳喳议论我——"他跪下了，跪下了，
他脸上一行泪却闪闪发亮……"

2016.7.12. 抄录於北京. 树下斋.

方文竹

1968—

还　乡

他的晚年在还乡
要将四处飘散的自己找回来
合拢

瞩望远方的双眼在东部沿海
装满沙砾的胃在西部
抓取不止的双手在南方大都市
宽宽的肩膀靠在北方沉静的山梁
……

终于还原了自己之后
故乡的山河　已经
容不下他那巨大的身躯

还乡

方文竹

他的晚年在还乡
要将四处飘散的自己找回来
合拢

瞩望远方的双眼在东部沿海
装满砂石的胃在西部
抓取云上的双手在南方大都市
宽宽的肩膀靠在北方沉静的山梁
……

终于还原了自己之后
故乡的山河 已经
容不下他那巨大的身躯

北塔

—1969—

马鞍

骏马在奔跑中脱掉鬃毛，
褪去皮肤，最后连骨头
和内脏都丢失了。坚实的鞍子
落魄在潘家园，依然驮着
骑士的灵魂，被鞭打，被修理，
被翻来覆去地摆弄，像一页
被飓风扔到沙滩上的航海
日志。在那被泡糊的字句里
仍旧起伏着大海的狂暴

主播为你读诗 · 楚河

马鞍

北岛

骏马在奔跑中脱掉鬃毛，
褪去皮肤，最后连骨头
和内脏都丢失了。坚实的鞍子
落脚在潘家园，依然驮着
骑士的灵魂，被鞭打，被修理
被翻来覆去地摆弄，像一页
被飓风扔到沙滩上的航海
日志。在那被泡糊的字句里
仍旧埋伏着大海的狂暴。

安琪

—

1969—

极地之境

现在我在故乡已呆一月
朋友们陆续而来
陆续而去。他们安逸
自足，从未有过
我当年的悲哀。那时我年轻
青春激荡，梦想在别处
生活也在别处
现在我还乡，怀揣
人所共知的财富
和辛酸。我对朋友们说
你看你看，一个
出走异乡的人到达过
极地，摸到过太阳也被
它的光芒刺痛

2007 年 10 月 18 日　厦门

极地之境

现在我在故乡已呆一月
朋友们陆续而来
陆续而去。他们安逸
自足，从未有过
我当年的悲哀。那时我年轻
青春激荡，梦想在别处
生活也在别处
现在我还乡，怀揣
人所共知的财富
和辛酸。我对朋友们说
你看你看，一个
出走异乡的人到达过
极地，摸到过太阳也被
它的光芒刺痛

安琪 2007-10-18

夕照寺

有时候，我也看不住自己。
不断上涨的河水，飞蛾的语词。
师傅远行前，交待我们搬运砖头
砌一道石门。一座庙宇
不可毁弃于大火。

这是夕照寺的必修课。
建了拆，拆了建，像是徒劳
又像是唱经，祷告
一道石门，甚至挡不住流浪猫和狗
他们成天追逐、打架，但不揭短

跃过院墙，寺院外的城市越长越高
对于偶尔到访的鸟来说，就如沙漠中
疯长的仙人掌。余下的时间
我坐在微凉的台阶上，借着星光
数蝙蝠。人间烟火一一熄灭

夕照寺，有诗一样的名号
在已经消失的崇文区，仍然是一座路标。
月上中天。总有远行人
轻叩庙门。天没亮
他就离开。没有人看清他的脸。

2014 年 2 月 17 日

主播为你读诗 · 楚河

夕照寺。有時候我也看不住自己。不斷上漲的河水飛蛾的語詞。師傅遠行前交待我們搬運磚頭砌一道石門。一座庙宇不可毁弃於大火。這是夕照寺的必脩課。建了拆拆了建像是徒勞又像是唱經禱告一道石門甚至擋不住流浪貓和狗他們成天詛逐打架但不揭短。躍過院墻寺院外的城市越長越高對於偶尔到訪的鳥來説就如沙漠中瘋長的仙人掌。余下的時間我坐在微涼的臺階上借着星光數蝙蝠。人間煙火一一熄滅。夕照寺有詩一樣的名号在已經消失的崇文區仍然是一座路標。月上中天總有遠行人輕叩庙門天没亮他就離開。没有人看清他的臉。

南鵬作於甲午年春

丙申年秋重抄

马非

—

1971—

暴雨将至

乌云正从北边压过来
我们单位的保洁员
手持水管加紧工作
她要赶在大雨瓢泼之前
把院子里还没有浇到的
最后那块草坪浇完

主播为你读诗 · 杨玉冰

暴雨将至

马非

乌云正从北边压过来
我们单位的保洁员
手持水管加紧工作
她要赶在大雨飘泼之前
把院子里还没有浇到的
最后那块草坪浇完

谭克修

1971—

蚂蚁雄兵

夕阳将高压线塔的影子不断拉长
以迎接一支闷热的蚂蚁雄兵
它们从古同村长途跋涉而来
历经四十年，才在无人问津的
洪山公园，找到新的巢穴
这些二维生物，视力一直没有进化
看不见三维空间投来的眼神
它们根据经验判断
云朵将在今夜完成一次集结
它们沿着高压线的影子，一路向西
它们不知道，自己的爬行
正在使地球反向转动
在高维度空间弄出巨大声响

主播为你读诗 · 楚河

蚂蚁雄兵

夕阳将高压线塔的影子不断拉长
以迎接一支闯地的蚂蚁雄兵
它们从古同村长途跋涉而来
历经四十年，才在无人问津的
洪山公园，找到新的巢穴
这些二维生物，视力一直没有进化
看不见三维空间投来的眼神
它们根据经验判断
云朵将在今夜完成一次集结
它们沿着高压线的影子，一路向西
它们不知道，自己的爬行
正在使地球反向转动
在高维度空间弄出巨大声响

潘克俊，2016.11.20抄录

老 子

从不握手
也不鼓掌
是不是他掌心
有一根刺

大力士，元帅，超人
没有一个
能拔出这根刺
智多星，脱口秀主持人
失败后
面对河水叹息
他不提供安慰

最后一个善良的人
离开他了
因为他从不提供安慰
又不是哑巴

孩子们，谁能走过去
安慰他？

2013 年

吕约

老子

从不握手
也不鼓掌
是不是他掌心
有一根刺

大力士，元帅，超人
没有一个
能拔出这根刺
智多星，脱口秀主持人
失败后
面对河水叹息
他不提供安慰

最后一个善良的人
离开他了
因为他从不提供安慰
又不是哑巴

孩子们，谁能走过去
安慰他？

二〇一三年作，二〇一六年八月书

春 天

阎志

1972—

我在这个春天 低下头来
寻找青草的气息 以及母亲的身影
在一列列开往无法预知前程的列车上
逝去的岁月 如潮水般涌来

我不能停留
关于春天我还知道得太少
发芽的花朵 含苞的雨水
雷鸣中灿烂的舞蹈

我来到故乡的上空
我的年迈的父亲正在劳作
而更多的年轻的兄弟姐妹 不知去向
金黄的油菜花 漫山遍野

还是在这个春天 我深入到泥土之中
我想翻动故乡的泥土
这气息如此陌生
生长的气息 如此陌生

主播为你读诗 · 杨玉冰

春天

海子

我在这个春天低下头来
寻找青草的气息 以及母亲的身影
在一列列无法预知前程的列车上
过去的岁月 如潮水般涌来

我不时停留
关于春天我所知甚少
发芽的花朵 含苞的雨水
雪峰中燃烧的火焰

我来到故乡上空
我的年迈的父亲已在劳作
我的年迈的兄弟姐妹 不知去向
余生的山川荒芜 漫山遍野

还是在这个春天 我深入到泥土之中
我熟悉的故乡的泥土
这气息 如此陌生
生长的气息 如此陌生

刘川

1975—

出了宾馆

一件衣服
往南走了
一件衣服
往北走了

刚才
这两件衣服
纠缠着，扔在
同一个浴室外面

现在
一件笔挺、庄重
一件雅致、严肃
看上去，像人一样，走开了

主播为你读诗 · 楚河

出了宾馆

刘川

一件衣服
往南走了
一件衣服
往北走了

刚才
这两件衣服
纠缠着，挂在
同一个浴室外面

现在
一件笔挺、庄重
一件雅致、朴素
看上去，像人一样，走开了

四月

—1975—

即景

有一瓣雪
飘过了我昨夜的梦

记忆穿过风的阻碍
飞速地倒退

在另一个时空变成
你的牵挂你的忧思

我看不见灯塔
也寻不见桃源

莽莽苍苍的底色里
有一种声音 回转沉吟

那是绿的生命
在地壳的深处萌动

蓬勃的力量
在地下苏醒

穿过雾霭和朔风 飞越
江南的雨幕和北国的雪原

在山花烂漫处
我们俯瞰大地

主播为你读诗 · 杨玉冰

有一瓣雪飄過了我
昨夜的夢記憶穿
過風的阻礙飛速
地倒退在另一個時
空變成你的韋掛
你的憂思我看不
見燈塔也尋不見
桃源蒼蒼的底
色裡有一種聲音
迴轉沉吟那是
綠的生命在地殼
的深處萌動蓬
勃的力量在地下
蘇醒穿過霧靄
和翔風飛越江南
的雨幕和北國的雪
原在山花爛漫
處我們
俯瞰大地

四月詩即景丙申
仲秋自書於北大燕南園
四月春芳

沈浩波

1976—

有些东西在灵魂的黑暗处发生

有些感觉白天还不明显
但当她在深夜熟睡
紧闭着眼睛时
看起来竟是悲伤的
熟睡时的悲伤
恐怕就是真正的悲伤了
我能够进入她在白天的生活
却进入不了她悲伤的睡眠
我眼睁睁地目睹着她的悲伤
但我不知道她为什么悲伤
有些东西在灵魂的黑暗处发生
而我被阻挡在光亮里

2015 年 8 月 2 日

主播为你读诗 · 楚河

有些东西在灵魂的黑暗处发生

有些感觉白天还不明显
但当她在深夜熟睡
紧闭着眼睛时
看起来竟是悲伤的
熟睡时的悲伤
恐怕就是真正的悲伤了
我能够进入她在白天的生活
却进入不了她悲伤的睡眠
我眼睁睁地目睹着她的悲伤
但我不知道她为什么悲伤
有些东西在灵魂的黑暗处发生
而我被阻挡在光亮里

沈浩波

谢长安

—

1982—

秤

多出一条蛔虫的重量
那是疾病
减负一颗牙的累赘
那是衰老
轻柔的襁褓是生
坚沉的墓碑是死
而通常它保持
不动声色
它不愿说出我们
隐秘的想法
以及起起伏伏之宿命

主播为你读诗 · 楚河

秤

謝長安

多出一條蛔蟲的重量
那是疾病
減負一顆牙的累贅
那是衰老
輕柔的繈褓是生
堅沉的墓碑是死
而通常它保持
不動聲色
它不願說出我們
隱秘的想法
以及起起伏伏之宿命

编后记

编选一部中国现当代知名诗人的作品手稿集，是我多年来从事诗歌批评与研究工作的一个愿望，如今，诗集即将付梓，终于完成了这一心愿。

众所周知，2017 年，中国新诗就迎来了它的百年时光。2016 年上半年，在世纪意识的感召下，我就想着如何让中国现当代诗人的新诗创作留下世纪的痕迹，几乎是下意识的，我决定选择一百位现当代诗人作为“样本”，让每位诗人展示自己的一首代表性诗作的手稿。百年，百位诗人，百首诗作（限于篇幅，原则上只收录短诗），一个单纯而美好的构想在脑海里成形后，我就开始付诸行动了，从 2016 年 7 月初开始正式约请一批诗人书写他们的诗歌作品，到今日，不知不觉过去近半年时间，我终于向出版社交书稿了。这或许说明，让诗人提供其诗创作时的手稿，或让诗人用钢笔或毛笔在纸上誊抄写自己的诗歌作品，并不是一件简单、轻松的事情。准确说来，这是一个需要耐心并耗费时日的工作，因为绝大多数诗人都是理想主义者或极有个性的人，用书法或书写形式来展示其作品，需要不少附加条件。如果诗人自认为自己的字写得不好看，那么编者与他（她）个人私交再好，也欣赏不到他（她）的墨宝；有些诗人朋友则坚持认为手稿没有什么价值，不如研读其印成铅字的作品与诗集；还有些诗人朋友性情自由，虽允诺会交稿，却迟迟不见其墨宝。细想起来其实也颇有意思。当然，大多数诗人朋友对我的工作还是非常支持与配合的，我也十分感谢他们的理解与支持！

本书收入了百位现当代诗人的百首诗作，最后收集到的手稿近七十幅，不少前辈诗人因为已去世无缘见其墨宝，或因健康状况等原因无法写字，还有一些中年诗人因为其他各种原因也未能给我提供手稿，让人深感遗憾。不过我本人已经尽力了。对我而言，诗人的手稿具有特殊的审美意义与研究价值，当我欣赏着这些个性鲜明、风格各异的手写体诗稿，就仿佛感触到诗人们不同的生命体温与灵魂样貌，在同呼吸共命运的亲切体验中，不知不觉就融入该诗人的精神世界。因而，这本《新诗百年诗抄》是有其独特价值的。在选择一百位诗人时，既充分考虑到大多数入选诗人的经典性地位（即已被人们广泛公认的著名现当代诗人），也考虑到部分入选诗人当下旺盛的创作活力及可观的艺术潜力，故而，该诗集也呈现出其应有的文学史价值。当然，由于篇幅及其他原因，一些重要的与优秀的现当代诗人未能在此选本中露面，以后若有机会再加弥补。

在此，我衷心感谢浙江人民出版社有关领导对这部书稿的重视与大力支持。在该书编选过程中，陈琼、程龙、任美玲、肖星晨、温长荣、欧阳珊、王元明、谭静迎等同学做了不少具体的事务性的工作，在此一并致谢。

谭五昌

2016 年 12 月 6 日深夜　京师园

鸣谢艺术家

（排名不分先后）

马锋辉	云山系列
罗一平	境域系列
旷小津	云图系列
徐龙森	碧落赋系列
刑庆仁	大西北系列
沈　岳	万里河山系列
黄　骏	失交的人体系列
佟　彪	天地洪荒图系列
张谷旻	西部系列《西泠烟雨》
张友宪	《水印之象》《巍巍群山》

鸣谢“好声音”

浙江之声

浙江之声即原浙江人民广播电台，中国最具实力省级新闻广播，是中共浙江省委、省人民政府重要政令的指定发布平台。拥有《浙江早新闻》《浙江新闻联播》等品牌新闻节目，其中，《三味书屋》《人文大讲堂》《楚河说历史》等文化节目广受好评。浙江之声拥有37个调频、29个中波，频率资源全省第一，无缝覆盖浙江及沪、苏、皖等周边省市近亿人群。

参与此诗集朗诵的主播有王维林、飞扬、王鹏、方亮、楚河。

FM104.5女主播电台

FM104.5全国首家女主播电台，以“亲子、青春、公益”为节目方向，以个性、时尚、品质为节目风格，坚持“因为公益，所以美丽”的理念，在助残、抚孤、慰老、低碳、环保、关爱自闭症儿童等各个领域开展公益活动，是浙江最具公益特色的广播媒体。

参与此诗集朗诵的主播有逸婷、陈芒、金琦、杨玉冰、铭伟、小雨。

图书在版编目（CIP）数据

新诗百年诗抄 / 谭五昌主编. —杭州 ：浙江人民出版社，2017.4

ISBN 978-7-213-07904-7

Ⅰ. ①新… Ⅱ. ①谭… Ⅲ. ①诗集-中国-现代②诗集-中国-当代 Ⅳ. ①I226

中国版本图书馆 CIP 数据核字(2017)第 018377 号

新诗百年诗抄

谭五昌 主编

出版发行：浙江人民出版社(杭州市体育场路 347 号 邮编 310006)

市场部电话：(0571)85061682 85176516

集团网址：浙江出版联合集团 http://www.zjcb.com

责任编辑：洪 晓 余慧琴

责任校对：戴文英 张志疆

封面设计：观止堂_未氓

电脑制版：杭州大漠照排印刷有限公司

印　　刷：杭州富春印务有限公司

开　　本：880 毫米×1230 毫米 1/32

印　　张：6.75　　插　　页：2

版　　次：2017 年 4 月第 1 版　　印　　次：2017 年 4 月第 1 次印刷

书　　号：ISBN 978-7-213-07904-7

定　　价：36.00 元